I0723130

La Traicion

Una Vida de Arrepentimientos

BLANCA DE LA ROSA

Indice

CAPÍTULO 1

ECOS DEL PASADO: RECUERDOS DE UNA FAMILIA PERDIDA

Los papeles de divorcio sin firmar sobre la mesa de la cocina eran un testimonio de lo que ella había perdido. No se trataba solo de un matrimonio; era la confianza y el amor de sus hijos, una familia que había dado por sentada. Mientras se encontraba en la sala de estar vacía, el silencio era ensordecedor, lleno de los fantasmas de cumpleaños olvidados, promesas incumplidas y el amargo sabor del arrepentimiento. Nic finalmente había tenido suficiente y exigió el divorcio. Ahora se daba cuenta de que había tenido una oportunidad única con su matrimonio y familia, y no lo reconoció hasta que lo perdió.

La vida de Camila después de la ruptura era una sombra de lo que una vez fue. La separación de Nic se completó, y acordaron compartir la custodia de los niños. Adrián, 9, y Celina, 6, demasiado jóvenes para entender completamente, lucharon con la nueva realidad de vivir en dos hogares. Camila se mudó a un pequeño apartamento no lejos de la casa familiar. Era un mundo muy diferente de la vida que había conocido, pero era todo lo que podía permitirse.

A medida que pasaban los meses, ella lentamente comenzó a reconstruir su vida, pero las cicatrices de su aventura y la destrucción de su matrimonio permanecieron. Se volcó en el trabajo, tratando de llenar el vacío dejado por la pérdida de su familia. A menudo, se encontraba pensando en lo que podría haber sido, cómo sería su vida si hubiera tomado decisiones diferentes. Se preguntaba si ella y Nic podrían haber salvado su matrimonio si hubieran sido honestos desde el principio. Pero el pasado estaba detrás de ella. Lo único que podía hacer era seguir adelante.

Camila, sentada sola en su apartamento tenuemente iluminado, sentía el silencio presionándola. Las fotografías de sus hijos adornaban las paredes; sus caras sonrientes contrastaban fuertemente con el vacío que sentía por dentro. Tomó una foto enmarcada de ella y Nic de sus días universitarios, sus ojos llenos de la promesa de un futuro brillante. Los recuerdos inundaron su mente: sesiones de estudio nocturnas, viajes espontáneos por carretera y la forma en que Nic la miraba con amor inquebrantable. Habían sido tan jóvenes, tan llenos de sueños. ¿Cómo se había derrumbado todo?

El peso de su decisión la oprimía, un recordatorio constante de la vida que había dejado atrás. Decidida a encontrar un camino hacia adelante, se apartó de la ventana, incluso si eso significaba confrontar el pasado. Mudarse a los suburbios había sido un choque para su sistema. Nacida y criada en la bulliciosa ciudad de Nueva York, las calles tranquilas y las rutinas predecibles de la vida suburbana la hicieron sentir como en una jaula, sofocando su espíritu. En su búsqueda de emoción, había tomado decisiones que ahora parecían incomprensibles. La bebida, las drogas, las fiestas interminables... habían sido un escape temporal, una forma de llenar el vacío que sentía por dentro. Cada subidón era seguido por una caída aplastante, y la emoción que buscaba solo la alejaba más de las personas que más importaban.

Nic había sido su roca, firme y amoroso, incluso mientras ella perdía el control. Asumió el papel de madre y padre, sacrificando su propia felicidad por el bien de sus hijos. El corazón de Camila le dolía al pensar en las incontables noches que él se había quedado despierto, esperando a que ella llegara a casa, solo para encontrarse con la decepción. La realización de lo que había perdido la golpeó como una ola gigante. Había desperdiciado el amor y la confianza de un buen hombre, alejándose de sus propios hijos. Era una extraña en sus vidas, una desconocida para sus amigos, sus actividades favoritas y los pequeños detalles que componían su mundo.

Los ojos de Camila se llenaron de lágrimas mientras volvía a colocar la fotografía en el estante. Había pasado tanto tiempo huyendo de sus arrepentimientos, pero ahora eran ineludibles. El peso de sus errores la oprimía, un recordatorio constante de la vida que podría haber tenido. Hizo una promesa silenciosa a sí misma: continuaría trabajando en su crecimiento personal, estaría presente para sus hijos en todo lo que pudiera y encontraría un nuevo sentido de propósito. Era un viaje largo y difícil, pero estaba decidida a seguir adelante, un paso a la vez.

Tarde en la noche, en su apartamento tenuemente iluminado, Camila, sentada en el borde de su cama, sostenía una foto de su familia. El suave resplandor de una lámpara proyectaba sombras alrededor de la habitación, reflejando la confusión en su corazón. *¿Cómo permití que esto llegara tan lejos? ¿Cómo perdí todo lo que me importaba?* Recordaba las cenas familiares llenas de risas y momentos de alegría con Nic, Adrián y Celina.

Una cálida noche de verano, el patio trasero se encontraba lleno de risas y el olor a barbacoa. Nic en la parrilla, volteando hamburguesas, mientras Adrián y Celina corrían por el jardín, sus risas llenando el aire. Camila observaba desde el porche, con una sonrisa extendida por su rostro mientras sorbía su limonada.

—¡Mamá, ven a jugar con nosotros! —reclamó Celina con sus ojos brillando de emoción.

Camila dejó su bebida y se unió a sus hijos en el césped, feliz con sus risas contagiosas. Jugaron a las atrapadas hasta quedar sin aliento, cayendo todos juntos en el césped. Nic se les unió, acostándose junto a Camila y tomándola de la mano.

—Esto es perfecto —dijo con su voz llena de satisfacción—. No cambiaría esto por nada.

Camila lo miró, con su corazón henchido de amor.

—Yo tampoco, susurró —apretándole la mano.

El recuerdo se desvaneció al regresar al presente. El peso de su decisión la oprimía, una carga constante de la vida que había dejado atrás. De repente, un doloroso recuerdo invadió sus pensamientos: la noche en que Nic pidió el divorcio. Todavía podía ver el dolor en sus ojos y escuchar la determinación en su voz. «Te he dado diez años, Camila. Diez años tratando de hacer que esto funcione. Pero ya no puedo más». Tenía razón. Él merecía algo mejor. Los niños merecían algo mejor. Y ahora, lo tienen.

—Pero, ¿dónde me deja eso a mí? —se preguntó, con su voz quebrándose al hablar en voz alta—. Quiero arreglar las cosas. Quiero ser la madre que merecen. Pero ¿cómo empiezo a arreglar esto? ¿Cómo recupero su confianza?

Decidida a cambiar, los pensamientos de Camila se volvieron hacia sus hijos. El dolor de su rechazo era agudo, pero su determinación de convertirse en una mejor madre era más fuerte. Sabía que no sería fácil, pero estaba lista para intentarlo. *Ellos merecen una madre que esté presente, que los ame incondicionalmente. Necesito mostrarles que he cambiado, que estoy comprometida a ser mejor. Pero va a ser un camino largo y difícil.* Con nueva determinación, Camila se hizo una promesa a sí misma.

—Voy a cambiar. Voy a recuperar su confianza. Un día a la vez, un paso a la vez. Les debo eso —dijo en voz alta, su voz llena de resolución.

Camila se sentía asfixiada. Desesperada por escapar de sus pensamientos, llamó a su amiga, Rocío, para almorzar en el café de siempre. Con sus manteles a cuadros y el aroma de café recién hecho, era un lugar pintoresco. Mientras se sentaba allí, observando a las familias con cochecitos, parejas tomándose de la mano y niños corriendo y riendo, una punzada de dolor le atravesó el corazón. La risa y el amor a su alrededor solo profundizaban su soledad, haciéndola más consciente de la silla vacía frente a ella. La cálida atmósfera del lugar contrastaba cruelmente con el frío vacío que la invadía, intensificando su sensación de aislamiento.

Camila vio a Rocío acercarse al café y le hizo señas para que se acercara.

—Hola Rocío, gracias por ser tan buena amiga y venir a verme con tan poco aviso. Solo necesitaba un poco de aire fresco y alguien con quien hablar —dijo, forzando una sonrisa.

Rocío la abrazó fuertemente antes de sentarse.

—Por supuesto, Camila. Sabes que siempre estoy aquí para ti.

Mientras charlaban, surgió el tema de su divorcio de Nic.

—Tengo que admitir que nunca esperé un divorcio. No pensé que él tendría el valor de hacerlo —dijo Camila, con un tono de amargura en su voz.

Rocío extendió la mano y tomó la de Camila.

—Camila, sé que esto es difícil. Pero a veces, confundimos el amor con la debilidad. Nic te amaba a ti y a los niños profundamente. Simplemente no podía seguir viviendo en esa tormenta.

Camila bajó la mirada, incapaz de mirar a los ojos a Rocío.

—Pensé que lo tenía todo bajo control. La aventura, las fiestas... Pensé que podía manejarlo.

Rocío apretó su mano suavemente.

—Lo sé, querida. Pero esas cosas solo eran subidones temporales. No podían llenar el vacío que sentías.

Los ojos de Camila se llenaron de lágrimas.

—Nunca imaginé que Nic haría otra cosa que suspirar por mí. Pensé que siempre estaría allí, esperando.

La voz de Rocío se suavizó.

—Nic no se merecía esto, Camila. Sí, tenía sus luchas, pero es un gran padre y esposo. Es todo lo que cualquiera podría desear en un hombre.

Desde el divorcio, su exmarido había salido con varias mujeres. En lugar de lamentar su vida pasada, estaba saliendo como un soltero de 20 años y recibiendo más atención que nunca. Siempre había pensado que ella tenía el control, que tenía todas las cartas. Pero ahora, al ver a Nic seguir adelante tan fácilmente, se dio cuenta de cuánto lo había subestimado y sobreestimado a sí misma.

—Sabes Rocío, desde la separación, he sentido esta profunda sensación de vergüenza. Es como si estuviera marcada con una letra escarlata —comenzó Camila con su voz temblando—. Cada vez que veo a nuestros amigos o familia, puedo sentir su juicio. Los susurros a mis espaldas, las miradas de lástima... es como si todos me condenaran en silencio.

—No puedo imaginar lo difícil que debe ser.

—Lo peor es que he perdido a nuestros amigos mutuos. Todos se han volcado del lado de Nic, apoyándolo. Me hace sentir tan culpable y aislada. Me miran con desdén, y sé que desaprueban mi comportamiento. Es como si estuviera de pie afuera, mirando a un mundo al que una vez pertenecí, pero que ahora parece tan lejano.

Rocío apretó la mano de Camila.

—No estás sola en esto. Estoy aquí para ti, y sé que hay otros que todavía se preocupan profundamente por ti. Has cometido errores, pero eso no define quién eres.

—Gracias, Rocío. Significa mucho para mi escuchar esto. Solo necesito encontrar una manera de seguir adelante y demostrarme a mí misma que puedo ser mejor.

—Camila, está bien sentirse así. Has pasado por mucho. Pero estás tomando medidas para cambiar, y eso es lo que importa.

—He comenzado terapia, me he unido a grupos de apoyo y he hecho voluntariado en el centro comunitario local. Estos pequeños pasos son mi manera de buscar redención, de intentar enmendar el dolor que he causado.

—Ese es un gran comienzo, Camila. No va a ser fácil, pero estás en el camino correcto. Solo tómalo un día a la vez. El camino hacia la redención puede ser largo y accidentado.

Camila tomó una profunda respiración, sintiendo un destello de esperanza.

—Gracias, Rocío. Sé que no puedo deshacer el pasado, pero puedo elegir vivir de manera diferente a partir de ahora.

—Y estaré aquí contigo, en cada paso del camino.

Los ojos de Camila se suavizaron, formando una pequeña sonrisa.

—No tienes idea de cuánto significa eso para mí. Me he sentido tan perdida y sola. Tenerte para apoyarme... marca la diferencia.

Su vida, una vez llena de posibilidades, se había convertido en una tragedia. Ahora, en un pequeño apartamento, pasaba sus días reflexionando sobre sus errores. Camila se sentía aislada, incapaz de encontrar consuelo en comprender lo que había sucedido. Repasaba los eventos que llevaron al divorcio y la pérdida de su familia, luchando por creer que alguna vez había visto a Marcos como su boleto a una vida mejor. Esa relación la había llevado a su caída.

A menudo imaginaba cómo habría sido su vida si hubiera resistido la tentación de un estilo de vida rápido y despreocupado, si no hubiera dejado que Marcos tomara el control. Pero estos pensamientos llegaron demasiado tarde. Se dio cuenta de que ahora no importaba, y todo lo que le quedaba era arrepentimiento. Mientras tanto, la vida de Nic y la de sus hijos continuaban progresando sin ella.

La vida de Camila no estaba solo llena de soledad y remordimiento. Todavía era una mujer hermosa, y a menudo los hombres intentaban seducirla. Tuvo varios romances a corto plazo, pero ninguno se convirtió en una relación duradera. En retrospectiva, se arrepentía de las drogas, las fiestas y la aventura. Sin embargo, no podía superar lo fácilmente que Nic había renunciado a ella. A menudo se preguntaba cómo podía haber calculado tan mal, pensando que ella era un doce sobre diez mientras él solo era un seis. No se suponía que terminara así.

La realidad la golpeó con fuerza, y luchó por contener las lágrimas. Había perdido no solo a un esposo, sino también la ilusión de su propia superioridad.

CAPÍTULO 2

REFLEXIONES DE UN CORAZON ROTO

Nic se sentó en la quietud de su hogar, su mente un torbellino de confusión y dolor. *¿Por qué me haría esto? ¿No fui un buen esposo en todos los aspectos?* Los recuerdos de su vida juntos inundaban sus pensamientos, cada uno un doloroso recordatorio de la dulce chica que había conocido en la universidad. Esa chica ahora parecía un recuerdo distante, reemplazada por una desconocida que había destrozado su confianza. No había respuestas, solo una profunda y persistente amargura y una abrumadora sensación de pérdida.

Todavía podía verla, girando bajo las luces de la ciudad, su risa resonando en sus oídos. Habían creído que su química los llevaría a un «felices para siempre», pero ahora esa creencia se sentía como una broma cruel. La vibrante y apasionada mujer de la que se enamoró se había convertido en un recuerdo distante, ensombrecido por la traición. El silencio de la casa era ensordecedor, cada tic del reloj un recordatorio del tiempo que se había escapado. La vida que habían construido juntos se estaba desmoronando, y él era impotente para detenerlo. Todo lo que quedaba eran recuerdos de lo que una vez fue y la dolorosa realidad de lo que se había convertido.

Camila y Nic se conocieron durante sus años universitarios, envueltos en un romance vertiginoso. Ambos, jóvenes y ambiciosos compartían sueños de éxito y una vida plena juntos. Nic, estudiante de finanzas, tenía un aura carismática que atrajo a Camila. Era encantador y seguro de sí mismo, cualidades que cautivaron a Camila, quien estudiaba comunicación. Su amor floreció durante sesiones de estudio nocturnas, citas para tomar café y risas resonando por los pasillos del campus.

Se casaron poco después de graduarse, impulsados por la emoción de sus nuevas vidas y la creencia de que siempre se priorizarían el uno al otro. Sin embargo, con el paso de los años, la vitalidad de su amor inicial comenzó a desvanecerse. Se establecieron en una rutina que gradualmente se volvió monótona. La carrera de Nic despegó, y se dedicó a su trabajo y a su familia con una determinación implacable.

Nic recordaba la primera vez que se conocieron, la forma en que sus ojos brillaban con emoción y curiosidad. Se unieron por su amor compartido por la música y el baile, pasando incontables noches perdidos en los ritmos del merengue, salsa y bachata. Esos momentos se sentían mágicos, como si el mundo exterior dejara de existir cuando estaban juntos. Reían, soñaban y planificaban un futuro que parecía tan seguro, tan lleno de promesas.

Ahora, sentado en el porche, el atardecer de Virginia proyectaba largas sombras sobre el césped. Nic encontró en la tranquilidad de los suburbios un marcado contraste con la bulliciosa energía de la ciudad de Nueva York. Cerró los ojos, y los recuerdos de sus días universitarios volvieron a inundar su mente. Ver a sus hijos jugar en el jardín le traía una inmensa alegría y una merecida sensación de paz. Mientras sorbía su café, su mente vagaba de vuelta a los primeros días con Camila.

Habían sido novios en la universidad, llenos de sueños y planes para el futuro. Recordaba el día de su boda, las promesas que se hicieron y la esperanza que llenaba sus corazones. Mudarse a Virginia había parecido el comienzo perfecto para su nueva vida juntos. Pero con el paso de los años, las grietas en su relación comenzaron a mostrarse. La inquietud y la insatisfacción de Camila con la vida suburbana se hicieron más evidentes. Nic trató de entenderla, de apoyarla, pero nada podía calmar su deseo de emoción. La bebida, las drogas, las fiestas nocturnas; todo pasó factura a su familia.

Su corazón dolía al pensar en las noches que se quedaba esperando a que Camila volviera a casa. Había asumido el papel de madre y padre, tratando de proporcionar estabilidad para sus hijos en medio del caos. Recordaba las discusiones, las lágrimas y el momento en que se dio cuenta de que no podía salvar su matrimonio. La decisión de divorciarse había sido una de las cosas más difíciles que había hecho. Amaba a Camila, pero sabía que seguir juntos ya no era saludable para ninguno de ellos. Como padre soltero, enfrentó innumerables desafíos, pero también descubrió una fortaleza que no sabía que poseía. Sus hijos se convirtieron en su ancla, su bienestar, su máxima prioridad.

Conocer a Celia había sido una bendición inesperada. Ella trajo luz y amor de nuevo a su vida, mostrándole que era posible encontrar la felicidad nuevamente. La amabilidad y comprensión de Celia lo ayudaron a sanar, y juntos construyeron una nueva vida llena de alegría y respeto mutuo.

Sin embargo, a pesar de la felicidad que había encontrado, una parte de Nic todavía sentía una punzada de tristeza cuando pensaba en Camila. Sabía que ella luchaba con el arrepentimiento y las consecuencias de sus decisiones. Deseaba que las cosas hubieran sido diferentes, que ella hubiera encontrado la paz y la satisfacción que buscaba.

Sus pensamientos fueron interrumpidos por su hija Celina, quien corrió hacia él con una sonrisa radiante.

—¡Papi, ven a jugar con nosotros! —exclamó, tirando de él hacia el jardín. Nic dejó su café y la siguió, con el corazón henchido de amor y gratitud.

Mientras se unía a sus hijos en su juego, Nic se dio cuenta de que la vida tenía una manera de avanzar, incluso cuando el pasado seguía presente en el fondo. Había aprendido a valorar el presente, a apreciar los momentos sencillos de alegría y conexión. Y aunque no podía cambiar lo que había sucedido con Camila, podía seguir construyendo una vida llena de amor y esperanza para el futuro.

Tarde en la noche, Nic se sentó en el borde de su cama, la habitación tenuemente iluminada y la casa en silencio. Sostenía una foto de su familia, reflexionando sobre su pasado con Camila, su lucha con la sobriedad, su viaje como padre soltero y la nueva vida que estaba construyendo con Celia. *¿Cómo llegamos aquí?*, se preguntaba. *Pensé que lo teníamos todo: una hermosa familia, un hogar feliz. Pero en algún momento del camino, nos perdimos.*

Los primeros cinco años de su matrimonio estuvieron lejos de ser perfectos. Camila tuvo dificultades con la vida suburbana, lo que Nic pensó que era depresión. La bebida de Nic también afectó su relación y pudo haber contribuido a la actitud de Camila. Ella no siempre era tan atenta ni tan colaboradora con los niños o las tareas del hogar como Nic habría deseado. Sin embargo, ambos enfrentaron sus desafíos y siguieron adelante, tratando de brindar una buena vida a sus hijos. Cayeron en una rutina de trabajo, cuidado del hogar y llevar a los niños a la guardería. Algunos días eran mejor organizados y más fluidos que otros, pero cada día presentaba sus propios desafíos. Lidiaron con las prisas de la mañana, proyectos escolares olvidados, compras de última hora y el constante equilibrio entre el trabajo y la vida familiar. Aunque no era perfecto, tuvieron muchos buenos días, creando recuerdos que hicieron que valiera la pena luchar por la relación.

Sus pensamientos derivaron hacia tiempos más felices. Recordaba un picnic familiar en el parque: Camila riendo, los niños jugando, y un golpe de nostalgia lo alcanzó. También recordaba las noches de juegos en familia, algunos de sus mejores momentos juntos. La sala de estar se transformaba en un campo de batalla lleno de risas y bromas juguetonas. A Adrián y Celina les encantaban los juegos de mesa, y su espíritu competitivo iluminaba la habitación. Camila lo molestaba cada vez que estaba a punto de perder, y él gemía en broma en una derrota fingida.

—¡Vamos, papá, no puedes dejar que Celina gane otra vez! —animaba Adrián, haciendo que todos estallaran en carcajadas.

Esas noches estaban llenas de camaradería y alegría, un marcado contraste con las luchas que siguieron. Nic atesoraba la calidez de esos momentos, la forma en que se unían sobre juegos tontos y la genuina felicidad que irradiaba de los rostros de sus hijos. Todos estaban unidos como una familia, sin las nubes de arrepentimiento y separación que colgaban sobre ellos.

Debí haber visto las señales. Camila se estaba alejando, y yo estaba demasiado ocupado con el trabajo, demasiado enfocado en que no faltara nada en casa, para darme cuenta. La niebla del alcohol nublaba mi juicio, difuminando las líneas entre la realidad y mis desesperados intentos de escapar del estrés creciente. Cada trago adormecía el dolor temporalmente, pero embotaba mi conciencia. Pasaba las noches en una neblina, ajeno a la creciente distancia entre nosotros. Ahora que estaba sobrio, podía ver claramente cómo mi alcoholismo había afectado mi comportamiento, decisiones y juicio. Tal vez si hubiera estado más presente, más atento, las cosas habrían sido diferentes, suspiró.

Sintiendo el peso de su arrepentimiento, Nic acostó a los niños y luego tomó su teléfono para llamar a su amigo Mike.

—Hola, Mike, —dijo Nic, tratando de mantener su voz firme.

—¡Nic! ¿Cómo te va? —respondió Mike alegremente.

—Aquí, aguantando, —dijo Nic, aunque la tensión era evidente en su tono.

Mike lo notó de inmediato.

—Suenas decaído, hombre. ¿Todo bien?

Nic suspiró, pasándose una mano por el cabello.

—No lo sé, Mike. Sigo pensando en Camila y los niños. Siento que les fallé con mi forma de beber. Camila cometió errores, pero no puedo echarle toda la culpa a ella. No estoy excusando su comportamiento, solo reconociendo cómo llegamos aquí.

Mike hizo una pausa, luego dijo:

—Sabes, cuando pasé por mi mala racha, también me castigaba mucho. Pero a veces, no importa cuánto lo intentes, las cosas simplemente se desmoronan.

Nic esbozó una pequeña sonrisa.

—Sí, supongo. Pero podría haber hecho más. Podría haber estado allí para ella, ayudarla en sus luchas. En cambio, la dejé alejarse.

Mike sonrió suavemente.

—¿Recuerdas esa vez que intentamos arreglar mi carro viejo? Hicimos todo según el libro, pero aun así no lo conseguimos. Algunas cosas simplemente están fuera de nuestro control, hombre.

Nic suspiró, la tensión disminuyendo ligeramente.

—Tal vez tengas razón. Pero la culpa sigue ahí, royéndome. Veo el dolor en los ojos de Adrián y Celina, y me pregunto si podría haberlo evitado.

El tono de Mike se suavizó.

—Hiciste lo mejor que pudiste, Nic. Y mírate ahora, sobrio, criando a dos hijos maravillosos. Eso es algo de lo que puedes estar orgulloso.

—Gracias, hombre, necesitaba esas palabras de aliento. Necesito recordar todo lo que hemos superado. Estoy agradecido por todas las bendiciones en mi vida ahora: por mis hijos, por Celia, por amigos como tú. Tengo mucho por lo que estar agradecido.

En un momento de reflexión, Nic se sentó con su madre, Victoria, en la sala de estar. Ella estaba tejiendo y él miraba fijamente la chimenea, perdido en sus pensamientos.

—Estás pensando en Camila otra vez, ¿verdad? —preguntó Victoria suavemente.

—Sí. No puedo dejar de sentir que podría haber hecho más —susurró Nic.

Victoria dejó a un lado su tejido.

—Todos tenemos arrepentimientos, Nic. Pero hiciste lo que creíste que era mejor para tu familia. No puedes cargar con toda la culpa. Se necesitan dos para bailar tango.

Nic suspiró con sus hombros cayendo.

—Lo sé, pero es difícil. Veo a los niños luchar, y me siento responsable.

Victoria colocó una mano reconfortante sobre la suya.

—Le diste muchas oportunidades, todas las cuales ella desperdició. ¿Recuerdas lo que te dije la tercera vez? Árbol que crece torcido, jamás su tronco endereza. Pensar que Camila iba a cambiar no era realista.

Nic asintió lentamente.

—Lo sé, pero la culpa... siempre está ahí, recordándome lo que podría haber sido.

—Lo mejor que hiciste por ellos fue dejar de beber. Eras el único padre que tenían, y dependían de ti. Ahora solo tienes que estar ahí para ellos. Muéstrales que la vida sigue y que son amados.

Nic sintió el peso de sus responsabilidades, pero también el apoyo de su familia y amigos. Necesitaba enfocarse en el presente, en ser el mejor padre que podía ser. Pero la culpa persistía, recordándole lo que podría haber sido.

Como padre soltero, Nic se dedicó a proporcionar estabilidad a sus hijos y a construir una nueva vida con Celia. A través de su proceso de sanación, aprendió a equilibrar su pasado y su futuro, esforzándose por ser el mejor padre mientras avanzaba con esperanza y determinación. Se sentía agradecido por las bendiciones en su vida: por sus hijos, por Celia y por su familia y amigos que lo apoyaban. A pesar de los desafíos, se dio cuenta de que tenía mucho por lo que estar agradecido.

Nic era un gran padre, pero luchaba con el alcoholismo, una predisposición genética heredada del lado materno de su familia. Incluso una o dos bebidas podían hacer que se desmayara. Sabía que tenía que dejar de beber por el bien de sus hijos.

El camino de Nic hacia la sobriedad fue tumultuoso, marcado por la agonía física y el trastorno emocional. Sentado al borde de su cama, empapado en sudor, sus manos temblaban mientras alcanzaba un vaso de agua. El dolor físico era insoportable, pero el tormento emocional era peor. Los recuerdos de errores pasados lo atormentaban, y el deseo de beber era abrumador. Sabía que tenía que luchar contra esto por Adrián y Celina.

Las primeras horas trajeron ansiedad e irritabilidad. A pesar de su malestar, Nic tenía que preparar el desayuno para sus hijos. Hacer tostadas y servir los cereales le hacían sentir monumental. Sus manos temblaban mientras les calentaba el almuerzo y los preparaba para la escuela, forzando una sonrisa para ocultar su dolor.

Con el paso de las horas, Nic experimentaba oleadas de sudoración intensa y escalofríos. Las alucinaciones se infiltraban, sombras moviéndose en las esquinas de su visión, susurros que no estaban allí. Sentía que estaba perdiendo el control de la realidad, con el miedo a convulsiones acechándolo.

A pesar del tormento, Nic tenía que trabajar. No podía permitirse tomar tiempo libre, así que pidió permiso para trabajar desde casa unos días a la semana. Luchaba por concentrarse, su mente nublada por el dolor y la ansiedad. Cada tarea tomaba el doble de tiempo, y temía que sus colegas notaran sus manos temblorosas y su palidez en la oficina. Pero siguió adelante, sabiendo que sus hijos dependían de su salario.

El pico de su abstinencia trajo los síntomas más intensos. El cuerpo de Nic dolía, y su cabeza latía con un dolor de cabeza implacable. Las náuseas dificultaban mantener algo en el estómago, incluso agua. Se sentía atrapado en su propio cuerpo, luchando tanto con el dolor físico como con la desesperación emocional. Pero en medio del caos, había un destello de esperanza. Nic se recordaba por qué estaba soportando este tormento. Imaginaba los rostros de Adrián y Celina, sus sonrisas, y la vida que quería construir para ellos. Cada momento de sufrimiento era un paso hacia un futuro mejor, un futuro donde podría ser el padre que ellos merecían.

Al final de la primera semana, los síntomas más agudos comenzaron a disminuir. Nic empezó a sentirse un poco más estable, aunque todavía estaba plagado de insomnio y cambios de humor. El dolor físico disminuyó, pero los desafíos emocionales permanecieron. Pensar en el futuro de sus hijos lo mantenía en marcha.

Balancear el trabajo, las tareas del hogar y la crianza seguía siendo una lucha, pero Nic encontraba pequeños momentos de alegría en las risas, la confianza y la dependencia de sus hijos en él.

Incluso cuando los peores síntomas de abstinencia se desvanecieron, Nic sabía que tenía un largo camino por delante. Continuó experimentando episodios de ansiedad y cambios de humor, pero estaba decidido a mantenerse sobrio. Buscó apoyo en amigos, familia y grupos de apoyo, aprendiendo nuevas formas de enfrentar el estrés y los desencadenantes. Cada día era un paso hacia la reconstrucción de su vida para darles a su familia un futuro mejor.

El camino de Nic hacia la sobriedad fue impulsado por un inquebrantable sentido de responsabilidad y amor por su familia. Se recordaba a sí mismo las caritas que lo miraban con confianza y esperanza. La sobriedad no era solo una elección para Nic; era una necesidad. Esta inmensa responsabilidad le dio el valor para soportar el dolor físico y emocional de la abstinencia. Sabía que cada paso hacia la sobriedad era un paso hacia un futuro mejor para su familia. El amor de Nic por Adrián y Celina se convirtió en su luz guía.

Nic enfrentó una miríada de desafíos emocionales durante su camino hacia la sobriedad. Estaba atormentado por los recuerdos de sus errores pasados. La culpa de no estar presente para sus hijos y la vergüenza de sus acciones pesaban mucho sobre él, a menudo intensificando sus ansias de alcohol como una forma de adormecer el dolor.

Sin una esposa que lo apoyara, Nic a menudo se sentía aislado. La ausencia de una pareja para compartir la carga de la crianza y la recuperación lo hacía sentir increíblemente solo, a veces haciendo el dolor emocional aún más agudo. El estrés cotidiano podía actuar como desencadenante, y Nic tuvo que aprender nuevas formas de enfrentarlo sin recurrir al alcohol. Tuvo que desarrollar nuevas estrategias para lidiar con la ira, la frustración y la tristeza de una manera saludable.

A pesar de estos desafíos, el amor de Nic por Adrián y Celina le dio la fuerza para perseverar. Sabía que superar estos obstáculos emocionales era esencial para su sobriedad y el futuro de su familia.

Nic comenzó a hacer ejercicio regularmente, y la transformación física fue notable. Se veía más saludable y vibrante, con niveles de energía incrementados. Empezó a cuidar mejor de sí mismo, y sus hijos notaron el cambio, sintiendo un sentido de orgullo por el progreso de su padre. Con su mejor salud vino una nueva estabilidad emocional. Nic se volvió más paciente y comprensivo. El hogar, una vez lleno de tensión e incertidumbre, se transformó en un lugar de calma y estabilidad. Adrián y Celina comenzaron a sentirse más seguros y amados.

Nic participó en actividades que disfrutaban sus hijos. Jugaban deportes juntos, cocinaban comidas y tenían noches de juegos en familia. Estos momentos compartidos trajeron de vuelta la risa y la alegría a sus vidas. Celina, en particular, amaba hornear galletas con su papá, su risa llenando la cocina. Sin la nube del alcohol, surgieron momentos especiales de unión.

Hubo momentos en que Nic luchó con la tentación de beber. En un evento social, sintió el impulso familiar, pero recordó la promesa que se hizo a sí mismo. Salió y llamó a Adrián, solo para ponerse al día. La voz de su hijo lo animó a mantenerse fuerte, y Nic superó el desafío.

Nic logró metas personales, como obtener una promoción en el trabajo y completar un maratón. Estos logros afectaron positivamente su relación con sus hijos, mostrándoles el poder de la perseverancia y la dedicación.

La relación de Nic con Celia fue un pilar fundamental de su nueva vida. Compartían una conexión profunda basada en la confianza y el respeto mutuo. Celia comprendía su pasado y apoyaba su camino hacia la sobriedad sin juzgarlo. Ella lo animaba a adoptar un estilo de vida más saludable, acompañándolo en sus entrenamientos e incluso corriendo junto a él en el maratón. Su relación fue una fuente de fortaleza para Nic, brindándole el amor y la estabilidad que una vez pensó perdidos.

Una noche, después de acostar a los niños, Nic y Celia se sentaron en el porche, disfrutando del aire fresco de la noche.

—Estoy orgullosa de ti, Nic —dijo Celia, sus ojos reflejando la sinceridad de sus palabras. Has recorrido un largo camino y eres un padre increíble.

Nic sonrió, sintiendo una calidez que se extendía por todo su ser.

—No podría haberlo hecho sin ti, Celia. Has sido mi roca.

Celia tomó su mano, apretándola suavemente.

—Estamos juntos en esto. Los niños y yo tenemos mucha suerte de tenerte.

Mientras se sentaban en un cómodo silencio, Nic reflexionó sobre lo lejos que había llegado. Su camino había estado lleno de desafíos, pero con el apoyo de sus hijos, Celia y su propia determinación, había construido una vida llena de amor y esperanza. Estaba agradecido por la segunda oportunidad que le habían dado y estaba comprometido a aprovecharla al máximo.

La vida de Nic ahora era un testimonio del poder de la resiliencia y la fuerza del espíritu humano. A través de sus luchas y triunfos, había creado un nuevo capítulo para él y su familia; uno marcado por la sanación, el crecimiento y el amor inquebrantable.

CAPÍTULO 3
RITMOS DE NUEVA YORK: LAS RAICES DE CAMILA

Camila Castillo nació el 21 de abril de 1980 en el corazón de la comunidad dominicana de Nueva York, un vecindario lleno de vida y cultura. Su familia, inmigrantes de primera generación de la República Dominicana, se asentó en una comunidad unida donde todos se conocían. Las calles estaban llenas de los sonidos de merengue, salsa y bachata, y el aroma de los platos tradicionales dominicanos flotaba en el aire, creando una sensación de hogar lejos de casa.

Los inmigrantes en los EE. UU. a menudo elegían vivir en comunidades con otras personas de sus países de origen para tener una sensación de seguridad mientras se adaptan a una nueva cultura e idioma. Esta familiaridad proporcionaba consuelo, pero el proceso de adaptación seguía siendo desafiante. Debían navegar por dificultades educativas y psicosociales mientras aprendían un nuevo idioma y se integraban en una nueva comunidad, equilibrando dos mundos: hacer negocios en inglés mientras mantenían su idioma y costumbres nativas con familiares y amigos.

La familia de Camila era su ancla. Sus padres trabajadores y resilientes le inculcaron la importancia de la familia, el respeto y la perseverancia. Las grandes reuniones familiares eran una tradición, donde las risas y las historias fluían tan libremente como la comida. Estas reuniones celebraban su herencia cultural, vibrante con los colores y sabores de la República Dominicana.

La música y el baile eran el corazón de estas reuniones. La sala de estar se transformaba en una pista de baile, con sus padres liderando el camino, sus movimientos fluidos y alegres, encarnando el espíritu de su tierra natal. Todos bailaban mientras los niños corrían dentro y fuera del apartamento, subiendo y bajando por el pasillo y las escaleras, corriendo a la tienda de la esquina para comprar dulces.

La música era alta, las conversaciones aún más altas, y la felicidad palpable. Era asombroso cuántas personas se aglomeraban en esos apartamentos. A pesar del caos, nadie se quejaba de la música, las travesuras de los niños o las conversaciones ruidosas que duraban hasta las primeras horas de la mañana.

Durante una de esas reuniones, la sala de estar era un torbellino de color y sonido. La madre de Camila, Andrea, revolvía una olla de sancocho, el rico aroma llenando el apartamento. Camila, ahora de diez años, bailaba con sus hermanas menores, sus risas mezclándose con los ritmos animados del merengue.

—Camila, ven a ayudarme a poner la mesa —llamó Andrea. Camila giró, su vestido ondeando, y se dirigió a la cocina dando saltos.

—Claro, Mami —respondió, agarrando los platos—. ¿Crees que Tío Juan contará sus historias divertidas otra vez?

Andrea sonrió con sus ojos brillando.

—Siempre lo hace. Ahora, asegúrate de poner los tenedores a la izquierda.

A medida que la familia se reunía alrededor de la mesa, la habitación zumbaba con conversaciones y risas. El padre de Camila, Carlos, levantó su vaso.

—Por la familia —dijo, su voz fuerte y cálida—. Y por los sueños que construimos juntos.

Viviendo en un bullicioso vecindario de Nueva York, Camila estaba rodeada de diversidad. Su comunidad era un mosaico de culturas, cada una contribuyendo al vibrante tapiz de su crianza. Las bodegas locales, con sus coloridas exhibiciones de frutas tropicales y especias, eran un recordatorio diario de sus raíces. El vecindario era más que un lugar para vivir; era una red de apoyo donde los vecinos se cuidaban entre sí, creando una sensación de pertenencia y seguridad. Los fines de semana, el vecindario cobraba vida con fiestas de baile improvisadas, donde los vecinos se reunían para celebrar las alegrías de la vida y olvidar sus dificultades, aunque solo fuera por un tiempo.

La infancia de Camila en Nueva York fue una mezcla de riqueza cultural y desafíos personales, que la moldearon en la mujer fuerte y decidida que llegaría a ser. Su historia es una de resiliencia, orgullo cultural y el espíritu perdurable de una estadounidense nacida de padres inmigrantes, que se esfuerza por honrar sus raíces mientras forja su propio camino.

Camila era una mujer extraordinariamente hermosa, con una altura de 5 pies y 7 pulgadas, su cabello oscuro y fluido caía por su espalda. Su piel clara tenía un brillo etéreo, acentuando sus rasgos perfectamente simétricos. Sus ojos penetrantes, de un profundo tono marrón, cautivaban a cualquiera que se cruzara con su mirada, atrayéndolos con su intensidad. Sus pómulos altos y labios llenos aumentaban su atractivo, dándole una elegancia atemporal. El cuello delgado y la postura grácil de Camila irradiaban confianza, haciendo notar su presencia en cualquier habitación. Se conducía con una elegancia que rozaba la arrogancia, consciente del poder que su belleza tenía.

Su figura curvilínea, con sus voluptuosas curvas, añadía a su apariencia impactante. Esta perfección exterior enmascaraba una agitación interna, una fealdad que se volvía aparente para aquellos que llegaban a conocerla. A pesar de su cautivadora apariencia, la verdadera belleza de Camila se veía empañada por su tendencia a manipular situaciones y personas a su favor, revelando un carácter complejo y defectuoso bajo la superficie.

Los padres de Camila, prácticos y con los pies sobre la tierra, valoraban mucho la educación, viéndola como la clave para un futuro mejor. A menudo le recordaban que la belleza se desvanece, pero el conocimiento perdura. Andrea, su madre, era inflexible en que sus hijas fueran financieramente independientes, nunca dependiendo de ningún hombre para su sustento.

Animada a sobresalir en la escuela, Camila prosperó, impulsada por el deseo de honrar los sacrificios de sus padres. A pesar de los obstáculos, soñaba con lograr más de lo que su entorno inmediato ofrecía. Sus aspiraciones estaban alimentadas por una determinación de hacerse un nombre, creando una vida que reflejara tanto su herencia dominicana como sus sueños americanos.

Los desafíos de ser una estadounidense de primera generación inculcaron en Camila un sentido de resiliencia y determinación. Estos rasgos serían cruciales más adelante mientras navegaba las complejidades de su matrimonio y vida personal. A pesar de las luchas, tenía un profundo orgullo en su herencia dominicana, que influía en sus valores, tradiciones y la forma en que imaginaba criar a su propia familia.

En la escuela secundaria, Camila era muy popular, siempre en el centro de atención. Sobresalía en los entornos sociales, pero a menudo descuidaba sus estudios, confiando en su encanto para salir adelante.

—Hola, Camila —saludó un chico llamado Alex mientras ella caminaba por el pasillo—. ¿Necesitas ayuda con el trabajo de historia?

Camila le lanzó una deslumbrante sonrisa.

—Eso sería genial, Alex. Eres un salvavidas.

Mientras Alex se alejaba, su amiga Sofía la empujó.

—Sabes, podrías hacerlo tú misma si lo intentaras.

Camila se encogió de hombros.

—¿Para qué molestarme si no tengo que hacerlo?

El paso de la infancia de Camila a sus años universitarios estuvo marcado por una mezcla de emoción y ansiedad. Asistió a la Universidad de Pace con una beca académica completa. Optó por una carrera en Comunicaciones, que requería un esfuerzo mínimo, y se centró en su vida social. Salió con varias personas de alto perfil, asegurándose siempre de ser vista con las personas correctas. Sus relaciones a menudo eran superficiales, ya que le costaba formar conexiones profundas, prefiriendo la admiración y la envidia sobre la intimidad genuina.

La belleza y el encanto de Camila le abrieron puertas a fiestas exclusivas y círculos influyentes, reforzando su creencia de que su apariencia era su activo más valioso. Pero, bajo la superficie, luchaba con inseguridades profundas. La presión por triunfar en lo académico y profesional pesaba mucho sobre ella, sabiendo que sus padres habían sacrificado tanto por su futuro.

Como estadounidense de primera generación, Camila enfrentó desafíos únicos. Sentía constantemente la presión de triunfar en lo académico y profesional, consciente de los sacrificios que sus padres habían hecho por su futuro. Navegar entre su herencia dominicana y la cultura estadounidense no fue tarea fácil. Durante su adolescencia, la confusión de identidad era frecuente, especialmente cuando la presión de los compañeros y las expectativas sociales chocaban con sus valores culturales.

Durante esos tiempos, la música se convirtió en su consuelo. La emotiva narración de la bachata resonaba profundamente en ella; sus temas de amor, desamor y anhelo siempre la cautivaban. Bailar se convirtió en una manera de procesar sus emociones y sentirse conectada a algo más grande que ella misma. En el silencio de la noche, permanecía despierta, escuchando los sonidos de la ciudad afuera de su ventana, preguntándose si alguna vez podría realmente equilibrar su herencia dominicana con sus sueños americanos.

A pesar de una comunidad de apoyo, navegar estos dos mundos era arduo. Tenía que honrar las tradiciones de sus padres mientras buscaba su propia identidad, tratando de no comprometer los valores del viejo mundo. Cada día era una delicada danza entre culturas, mientras se esforzaba por forjar un nuevo camino sin perderse a sí misma. Al final, a menudo se preguntaba qué cultura finalmente daría forma a su vida y personalidad, cuestionándose si podría fusionar ambos mundos o si uno dominaría su futuro.

Navegar por la vida como alguien de culturas mixtas es un viaje de constante evolución hacia algo único. No se es simplemente una mezcla de dos culturas; uno se convierte en una nueva entidad, a menudo no completamente aceptada por ninguno de los dos mundos, porque no encaja perfectamente en sus definiciones. Ese estado intermedio puede resultar aislante, pero también tiene una belleza propia, ya que crea una identidad que incorpora elementos de ambos mundos, mientras los trasciende. Es una experiencia que forja un camino único, reflejando un rico tapiz de experiencias y perspectivas diversas. Se trata de encontrar fuerza en los espacios intermedios y crear una nueva narrativa que sea tanto personal como un testimonio de las culturas que lo formaron.

CAPÍTULO 4

CIRCULO COMPLETO: EL VIAJE DE NIC DE NUEVA YORK A VIRGINIA

Nicolás (Nic) García nació el 20 de agosto de 1980 en el Alto Manhattan, hijo de inmigrantes dominicanos que habían crecido en Nueva York desde los seis años. Esta mezcla única de culturas significaba que la crianza de Nic era una combinación de tradiciones dominicanas e influencias estadounidenses. Sus padres, habiendo pasado la mayor parte de sus vidas en Nueva York, estaban más americanizados que otras familias, pero mantenían con orgullo sus raíces dominicanas.

Cuando Nic tenía diez años, el trabajo de su padre trasladó a la familia a Fairfax, Virginia. La mudanza fue un cambio significativo, pasando de las bulliciosas calles de Manhattan a la vida más tranquila y suburbana de Fairfax. Nic se paró en medio de la nueva y espaciosa sala de estar, sintiendo cómo el silencio lo envolvía. La ausencia de los bocinazos de los taxis, las sirenas de la policía y el zumbido lejano de la ciudad lo hacían sentir como si estuviera en otro planeta.

—Nic, ven a ayudar a desempacar tu habitación —llamó su madre desde el piso de arriba. Subió las escaleras, y cada paso se sentía más pesado que el anterior. Su habitación estaba llena de cajas, pero fue la foto enmarcada de sus amigos de Nueva York la que llamó su atención. La tomó, sintiendo una fuerte nostalgia.

—¿Ya lo extrañas? —preguntó su padre, apoyándose en el marco de la puerta.

Nic asintió, incapaz de encontrar las palabras para expresar el tumulto dentro de él. —Sí, lo extraño.

Aunque extrañaba a sus amigos y a Nueva York, Fairfax tenía sus ventajas. Nic y sus hermanos se divertían corriendo por las escaleras, deslizándose por la barandilla y explorando la espaciosa casa. Este era un gran cambio con respecto a su apartamento de dos habitaciones en Nueva York, donde compartían un dormitorio. En Fairfax, cada uno tenía su propia habitación, y a Nic le encantaba la privacidad.

Su hogar seguía siendo un vibrante centro de cultura dominicana, a pesar del cambio geográfico. Los sonidos de merengue, salsa y bachata llenaban su casa, y las reuniones familiares rebosaban de risas, música y los ricos aromas de la cocina tradicional dominicana. Estas reuniones eran el vínculo de Nic con sus raíces. Sus padres bailaban al ritmo animado de Wilfrido Vargas, su madre a menudo lo arrastraba al baile. Ella solía decir: «Recuerda, mijo, no importa dónde estemos, nuestra cultura está en nuestros corazones.»

Los padres de Nic creían que mudarse a los suburbios significaba dejar atrás los peligros de la vida en la ciudad. En Nueva York, sabían qué buscar y cómo reconocer el peligro. Pero en los lujosos y bien cuidados jardines de Fairfax, asumieron que los riesgos eran mínimos. Los niños educados, articulados, con buenas calificaciones y bien vestidos ocultaban una realidad diferente. Los fines de semana, casas vacías y hoteles se transformaban en lugares de fiesta desenfrenada con drogas y alcohol. Pronto, los padres de Nic se dieron cuenta de que los niños de los suburbios eran tan susceptibles, si no más, a comportamientos de alto riesgo como sus contrapartes de la ciudad.

A menudo viajaban de regreso a Nueva York para las fiestas y ocasiones especiales. Durante el viaje de cuatro horas a Nueva York, sus padres siempre tenían música puesta. De niño, a Nic le encantaban estos viajes, donde él y sus hermanos corrían libremente mientras los adultos conversaban y bailaban. Pedía dinero a los adultos para ir a la tienda, y después de unas copas, nadie le decía que no. Nic aprovechaba su generosidad, comprando tantos dulces y comida chatarra como podía.

En Fairfax, la música se volvió aún más significativa para Nic. Era un vínculo con su pasado y una fuente de consuelo en un entorno nuevo y desconocido. Sus padres continuaron tocando sus canciones dominicanas favoritas, y las reuniones familiares siempre iban acompañadas de bailes y cantos. Estos momentos eran una celebración de su cultura, una forma de mantener vivas sus tradiciones a pesar de la distancia de su tierra natal. Nic aprendió a bailar merengue, salsa y bachata a una edad temprana, guiado por los entusiastas pasos de sus padres. Estos bailes eran más que simples movimientos; eran expresiones de identidad y emoción. Los ritmos de la música resonaban profundamente en él, proporcionándole un sentido de pertenencia y continuidad.

Creciendo en Fairfax, Nic a menudo sentía el tirón entre dos mundos. En la escuela, estaba rodeado de la cultura americana, pero en casa, sus padres se aseguraban de que permaneciera conectado con su herencia dominicana. Esta dualidad le hacía sentir como si viviera dos vidas, tratando de encajar con sus compañeros mientras honraba las tradiciones de su familia. Navegó estos desafíos con resiliencia, mezclando lo mejor de ambas culturas.

Un día, mientras Nic se sentaba solo en la cafetería, picoteaba su almuerzo y observaba a sus compañeros riéndose y charlando. Sintió una punzada de aislamiento, todavía conociendo a todos. Mientras contemplaba la ruidosa escena, un grupo de chicos se le acercó.

—Hola, Nic, ¿por qué nunca sales con nosotros? —le preguntó uno de ellos.

Nic se encogió de hombros, tratando de ocultar su incomodidad.

—No lo sé. Solo estoy ocupado, supongo.

El chico sonrió.

—Bueno, deberías unirte a nosotros alguna vez. Vamos a jugar baloncesto después de la escuela.

El rostro de Nic se iluminó.

—Sí, tal vez lo haga.

Pronto Nic se unió al equipo de fútbol americano y jugó durante la primaria y la secundaria. Durante su penúltimo año, su equipo ganó el campeonato estatal, una experiencia emocionante. Amaba la camaradería del equipo. Jugar al fútbol lo ayudó a desarrollar disciplina y trabajo en equipo, moldeándolo e inculcándole valores de perseverancia y compromiso. Nic se destacó tanto académica como socialmente, equilibrando su vida escolar con su rica herencia cultural. Abrazó su identidad dual, prosperando en ambos mundos.

Los padres de Nic ponían un fuerte énfasis en la educación, creyendo que era la clave del éxito. Lo animaban a perseguir sus sueños y apoyaban sus esfuerzos académicos. Nic se destacó en la escuela, impulsado por el deseo de hacer que sus padres se sintieran orgullosos y de crear un futuro que honrara sus sacrificios. Su arduo trabajo dio frutos cuando fue aceptado en la Universidad de Pace en Nueva York. Volver a Nueva York para la universidad se sintió como cerrar el círculo para Nic.

Abrazó la energía de la ciudad, sumergiéndose en sus estudios y en las diversas experiencias culturales que ofrecía esta Universidad.

CAPÍTULO 5

DE SUEÑOS UNIVERSITARIOS A PROMESAS ROTAS

En la primera semana de su segundo año, Camila chocó con Nic en el bullicioso patio del campus, haciendo que el café se derramara sobre sus libros.

—¡Oh, Dios mío, lo siento mucho! —exclamó.

Nic levantó la vista y su molestia inicial se desvaneció en una sonrisa.

—No te preocupes. Soy Nic, por cierto.

—Soy Camila. Déjame ayudarte con eso —respondió, nerviosa pero intrigada. Mientras recogían sus libros, sus manos se rozaron y una chispa de conexión se encendió entre ellos.

—¿Qué tal si te reemplazo esa taza de café? —ofreció Nic.

Lo que comenzó como una simple invitación para remplazar una taza de café se convirtió en una conversación de dos horas. Intercambiaron información de contacto y prometieron volver a verse, marcando el comienzo de su fascinante relación.

Las sesiones de estudio nocturnas se convirtieron en profundas conversaciones sobre la vida, los sueños y los miedos. Exploraron la ciudad juntos, desde cafés escondidos hasta parques bulliciosos. Una noche, bajo las luces titilantes de un pequeño bistró, Nic tomó la mano de Camila.

—Sé que es una locura, pero siento que te he conocido desde siempre —dijo suavemente.

Los ojos de Camila brillaron.

—Yo también.

Su primer beso esa noche fue una promesa de un futuro en el que ambos creían.

La relación de Nic y Camila floreció durante dos años de noviazgo mientras conocían a las familias del otro y exploraban la ciudad con amigos y familiares. Su amor y vínculo se hicieron más fuertes, y comenzaron a hablar de un futuro juntos. A menudo hacían viajes de fin de semana a Virginia, donde vivía la familia de Nic, y la familia de Camila en la ciudad de Nueva York acogió a Nic de inmediato, amándolo como uno más de los suyos. Los fines de semana, encontraban clubes de baile latino en la ciudad, perdiéndose en los ritmos del merengue, la salsa y la bachata. Bailar se convirtió en un pilar de su relación. La música era un puente entre su pasado y su presente, una celebración de su herencia compartida.

A medida que se acercaba la graduación, sus conversaciones se volvieron serias. Nic sentía una atracción hacia Virginia, la familiaridad de la ciudad donde creció lo llamaba. Camila, por otro lado, estaba encantada con las posibilidades de Nueva York.

Una noche, la tensión entre sus sueños llegó a un punto crítico.

—Camila, sé que Nueva York es tu hogar, pero ¿has considerado cómo sería la vida para nosotros en la ciudad? Criar a los niños en la ciudad es un desafío. El costo de vida es altísimo y estaríamos constantemente preocupados por el dinero —dijo Nic.

Los ojos de Camila se llenaron de lágrimas.

—Pero Nueva York es donde me siento viva, Nic. No puedo imaginar dejarla atrás.

Nic tomó su mano, suavizando su voz.

—Lo entiendo, pero piensa en el futuro. En Virginia, podemos permitirnos una casa agradable con un jardín. Nuestros hijos pueden jugar afuera, y no estaremos apretados en un apartamento pequeño. Las escuelas son excelentes, y es un entorno más seguro. Tendremos más tiempo el uno para el otro, menos tiempo viajando y preocupándonos por llegar a fin de mes.

Camila miró hacia otro lado; su corazón dividido.

—Solo... no sé si puedo renunciar a la ciudad. Es todo lo que he conocido.

Nic giró suavemente su rostro hacia ella.

—Sé que es un gran cambio, pero podemos construir una vida hermosa allí. Todavía podemos visitar Nueva York cuando queramos. No tiene que ser todo o nada.

Ella suspiró, el peso de la decisión la presionaba.

—Solo necesito un tiempo para pensarlo.

Nic asintió.

—Tómate todo el tiempo que necesites. Solo quiero que sepas que cualquier cosa que decidamos, lo enfrentaremos juntos.

Con el paso de los días, los pensamientos de Camila se arremolinaban. Sopesaba el bullicio y el encanto de Nueva York contra la promesa de una vida más tranquila en Virginia. Una noche, mientras contemplaba el horizonte de la ciudad, sintió una resolución silenciosa. Amaba profundamente a Nic, y más que a la ciudad misma, amaba el futuro que podían construir juntos. La Gran Manzana siempre tendría un lugar en su corazón, pero una vida llena de amor y potencial los esperaba en Fairfax.

Finalmente, Camila tomó su decisión y la compartió con Nic con una mezcla de determinación y paz en sus ojos.

—Está bien, hagámoslo. Construyamos esa hermosa vida juntos.

El rostro de Nic se iluminó al verla, y la abrazó con fuerza, sabiendo que estaban a punto de emprender un maravilloso viaje juntos. Se casaron poco después de graduarse de la Universidad de Pace en 2002. El 29 de junio de ese mismo año, Nic y Camila intercambiaron votos en una ceremonia íntima en Nueva York, rodeados de amigos cercanos y familiares. Bajo un dosel de luces centelleantes, en un encantador jardín, compartieron un sincero intercambio de votos y anillos. Mientras se prometían amor eterno, el aire se llenó con el dulce aroma de flores en plena floración y la suave melodía de un cuarteto de cuerdas.

Después de la ceremonia, se trasladaron a una acogedora recepción donde la sala se llenó de risas, amor y brindis memorables. Amigos y familiares compartieron historias y buenos deseos, creando un ambiente cálido y alegre. El primer baile de la pareja fue con su canción latina favorita, combinando su herencia compartida con su historia de amor. La noche terminó con todos bailando bajo las estrellas, una mezcla perfecta de simplicidad y encanto para marcar el comienzo de su viaje juntos.

Para su luna de miel, Nic y Camila se escaparon a las playas bañadas por el sol de Punta Cana, República Dominicana. Pasaron sus días disfrutando del sol tropical, explorando la vibrante cultura y bailando al ritmo del Caribe. Las impresionantes puestas de sol, las serenas olas del océano y las noches románticas junto a la playa hicieron que su luna de miel fuera inolvidable. Fue un hermoso y pacífico interludio antes de hacer su mudanza definitiva a Virginia para comenzar su nueva vida juntos.

Mientras conducían de Nueva York a Virginia, Camila se acomodó en el asiento del pasajero, observando cómo el horizonte urbano de la ciudad se desvanecía lentamente en la distancia. La emoción y energía de Nueva York siempre habían sido su refugio, una fuente inagotable de inspiración y vitalidad. Pero a medida que ese horizonte familiar se desdibujaba, un sentimiento de pérdida comenzó a apoderarse de ella. Miró a Nic, que mantenía la mirada fija en la carretera con una expresión distante y fría. Siempre había sido su roca, la presencia constante en su vida, pero ahora, por primera vez, percibía una distancia desconocida entre ellos.

¿Por qué estoy haciendo esto?, se preguntó, con el corazón pesado de dudas. La decisión de mudarse a Virginia se había tomado por amor, un compromiso que esperaba los acercara. Pero a medida que los kilómetros pasaban, no podía sacudirse la sensación de que dejaba atrás una parte de sí misma.

Los pensamientos de Camila se dirigieron a la vida que habían construido en Nueva York. Las sesiones de baile nocturnas, las aventuras espontáneas, la vibrante cultura que siempre la había hecho sentir viva. Había prosperado en el caos de la ciudad, encontrando alegría en su imprevisibilidad. Virginia, con sus tranquilos suburbios y ritmo más lento, se sentía como una tierra extraña. Le preocupaba perder su sentido de identidad, convertirse en alguien que no reconocía.

Sentada en el coche con Nic, Camila sintió una ola de duda invadirla. Empezó a admitir para sí misma que tal vez no estaba lista para el matrimonio y todo lo que eso conllevaba. La idea de establecerse, de abrazar los roles de esposa y madre, la asfixiaba. La maternidad siempre había sido un concepto lejano para ella, algo que admiraba en los demás pero que nunca se había imaginado para sí misma. Amaba profundamente a Nic, pero la idea de renunciar a sus sueños por una vida que no estaba segura de querer, la llenaba de ansiedad.

Al cruzar las fronteras estatales, Camila trató de enfocarse en lo positivo. Se recordó a sí misma el amor que compartían, los sueños en los que una vez habían creído. Pero las persistentes dudas continuaban, un recordatorio constante de los sacrificios que estaba haciendo.

Miró de nuevo a Nic, su perfil iluminado por el sol poniente. Parecía tan esperanzado, tan seguro de que esta mudanza sería el comienzo de algo hermoso.

Espero que tenga razón, pensó, mientras una lágrima resbalaba por su mejilla. *Espero poder encontrar la felicidad aquí, por el bien de los dos.*

Durante el primer año de su matrimonio, Camila quedó embarazada. Tanto ella como Nic estaban emocionados. Sin embargo, pronto Camila comenzó a luchar con síntomas de abstinencia y depresión debido a su incapacidad para beber alcohol. Aunque no se consideraba alcohólica, resentía no poder salir, ir de fiesta y beber. Para muchas mujeres, el embarazo era una experiencia impresionante llena de anticipación, alegría y asombro. Pero Camila odiaba estar embarazada. Le restringía su estilo personal; estaba aumentando de peso y sus tobillos estaban hinchados.

Finalmente, después de nueve largos meses, Adrián nació el 21 de septiembre de 2003, pesando 8 libras. Nic estuvo presente durante el parto y estaba asombrado por el proceso. Estaba emocionado de llevar a su bebé a casa. Camila, por otro lado, era indiferente. No apreciaba el llanto, la falta de sueño y resentía toda la atención que el bebé requería. Como resultado, Nic asumió el papel de madre y padre para Adrián.

Nic acunaba a Adrián en sus brazos, maravillado por los diminutos dedos de las manos y los pies.

—Míralo, Camila —dijo, su voz llena de asombro. Es perfecto.

Camila miró al bebé, su expresión inescrutable.

—Sí, es lindo —respondió con tono plano. El corazón de Nic se hundió. Había esperado que sostener a su hijo despertara algún instinto maternal en ella, pero Camila parecía distante, casi desapegada.

A medida que pasaban las semanas, Nic se encontraba asumiendo más y más responsabilidades. Cambiaba pañales, mecía a Adrián para dormir y cantaba nanas en medio de la noche. Una noche, mientras preparaba un biberón, notó a Camila sentada en el sofá, desplazándose por su teléfono.

—Camila, ¿puedes sostenerlo un minuto? —preguntó, tratando de mantener la frustración fuera de su voz.

Ella suspiró, apenas levantando la vista.

—Estoy muy cansada, Nic. ¿No puedes hacerlo tú?

Nic apretó la mandíbula, el peso de su nuevo rol presionando sobre él.

—Claro, me encargaré de ello —dijo, forzando una sonrisa.

Camila se sentó en el sofá, su teléfono era una distracción bienvenida de la abrumadora realidad de la maternidad. Miró a Nic, que estaba ocupado preparando un biberón para Adrián. Sintió una punzada de culpa, pero rápidamente la apartó. Esta no era la vida que había imaginado para sí misma. El llanto constante, las noches sin dormir, el ciclo interminable de alimentar y cambiar pañales; todo se sentía asfixiante.

Extrañaba la libertad de su antigua vida, las noches espontáneas y la emoción de la ciudad. La maternidad le había quitado su identidad, dejándola atrapada y resentida. Amaba profundamente a Adrián, pero las demandas de cuidarlo eran abrumadoras. No podía esperar a que Nic llegara a casa o a dejar a Adrián en la guardería solo para poder respirar. Aunque adoraba a su hijo, no podía quitarse la sensación de que se estaba perdiendo a sí misma.

Una noche, después de un día difícil, Camila se encontró en una fiesta, con una bebida en la mano. La música altísima, las luces tenues, y por un momento, se sintió como su antiguo yo otra vez. Pero a medida que avanzaba la noche, el vacío regresó, royéndola por dentro. Llegó a casa tambaleándose, despeinada e intoxicada, para encontrar a Nic esperándola, la preocupación grabada en su rostro.

—¿Dónde has estado? —exigió, su voz tensa de preocupación.

—Fuera —respondió ella, su tono desafiante. Necesitaba un descanso.

—Tenemos un bebé en casa, Camila. No puedes simplemente desaparecer así.

—No puedo hacer esto, Nic —dijo, con lágrimas corriendo por su rostro. Siento que me estoy ahogando.

La expresión de Nic se suavizó, pero el dolor en sus ojos era inconfundible.

—Sé que es difícil, pero tenemos que resolver esto juntos. Por Adrián.

La tensión en su matrimonio era palpable. Nic trató de hablar con Camila, de entender sus sentimientos y encontrar una manera de ayudarla a adaptarse. Pero Camila estaba distante, su mente siempre en otro lugar. Resentía la vida suburbana y se sentía asfixiada por las responsabilidades del matrimonio y la maternidad.

A medida que pasaban los años, la brecha entre Camila y Nic se ensanchaba. Nic seguía siendo una presencia constante en la vida de su familia, proporcionándoles la estabilidad y el amor que necesitaban. Camila, sin embargo, se alejaba cada vez más, atrapada en un ciclo de autodestrucción y arrepentimiento.

En el tercer año de su matrimonio, el segundo embarazo de Camila, aunque no planeado, trajo tanto alegría como temores inminentes. Tanto ella como Nic estaban emocionados, pero como en el primero, Camila luchaba con sentimientos de resentimiento y depresión. Todos eran conscientes de sus desafíos como madre y no podían creer que estuvieran teniendo otro hijo. Nic estaba abrumado con las tareas del hogar (cocinar, limpiar, lavar la ropa), todo mientras mantenía su trabajo. Amaba profundamente a Camila, con la esperanza de que eventualmente encontrara la felicidad, pero su comportamiento se volvía más errático y la esperanza de Nic empezaba a desvanecerse.

Nic estuvo presente en el nacimiento de su hija, Celina, el 20 de abril de 2006. Era hermosa muy parecía a su madre, con piel clara y una cabeza llena de cabello oscuro y lacio. Nic sostuvo a Celina cerca, su pequeño cuerpo encajando perfectamente en sus brazos.

—Es hermosa, Camila —susurró, con lágrimas de alegría en sus ojos. Igual que tú.

Camila forzó una sonrisa, pero su corazón no estaba en ello. El peso de sus responsabilidades le resultaba más abrumador que nunca. Observó a Nic con su hija, su rostro resplandeciente de orgullo y amor, y sintió una punzada de algo que no podía entender del todo. ¿Por qué no podía sentir lo mismo?

Camila miraba a Celina, sus emociones eran un enredo. Quería amar a su hija, sentir la misma alegría que Nic, pero todo lo que sentía era entumecimiento. El llanto, las noches sin dormir y las demandas constantes; todo era demasiado. Anhelaba la libertad que alguna vez tuvo, la vida que había dejado atrás.

Una noche, después de una fiesta salvaje, Camila llegó a casa tarde, despeinada e intoxicada. Nic la estaba esperando, la preocupación grabada en su rostro. Discutieron. La tensión que se había estado acumulando durante años, finalmente estalló. Camila acusó a Nic de intentar controlarla, mientras Nic le suplicaba que pensara en sus hijos y en la vida que habían construido.

La discusión terminó con Camila saliendo furiosa, dejando a Nic para recoger los pedazos. Puso a los niños a dormir y se sentó solo en la casa silenciosa, preguntándose cuándo había salido todo mal.

Amaba a Camila, pero no podía ignorar el impacto que sus acciones estaban teniendo en su familia.

La búsqueda de emoción de Camila la llevó por un camino oscuro. Continuó yendo de fiesta y usando drogas, distanciándose cada vez más de Nic y sus hijos. La emoción que buscaba siempre era pasajera, dejándola, sintiéndose más vacía y perdida que antes.

Desde fuera, la vida de Camila y Nic parecía perfecta: una casa hermosa, carreras exitosas y una familia de revista. Pero por dentro, el corazón de Camila se sentía como un peso de plomo. La chispa de su romance universitario se había apagado y sus sentimientos por Nic se habían marchitado. Vagaba por su hogar, con la mirada perdida en las fotos familiares en las paredes, buscando una felicidad que parecía estar siempre fuera de su alcance.

La vida matrimonial de Nic y Camila comenzó con alegría. Nic, siempre el esposo y padre devoto, equilibraba su exigente trabajo con el tiempo en familia. Llegaba a casa exhausto pero aun así lograba cocinar la cena, ayudar con la tarea y organizar picnics de fin de semana. Para un extraño, su familia era el epítome de la perfección: un esposo atento, una esposa cariñosa y dos hijos bien educados.

A medida que pasaban los años, la insatisfacción de Camila con su matrimonio y su vida se profundizaba. La estabilidad que una vez la reconfortó ahora se sentía como una jaula dorada. Se sentaba en la mesa de la cocina, mirando las mismas cuatro paredes, sintiendo un vacío que la carcomía. Anhelaba algo más intenso, más apasionado que el ritmo predecible de la vida suburbana.

Camila buscaba una escapatoria. Nic y su existencia suburbana se convirtieron en símbolos de la monotonía que despreciaba. Comenzó a frecuentar bares, entregándose al alcohol y las drogas, buscando la emoción de las fiestas nocturnas. Nic, al notar la creciente distancia, asumió más tareas del hogar, tratando de proteger a sus hijos del tumulto.

La presencia de Camila en casa se volvió rara. A menudo estaba perdida en su teléfono, más comprometida con su perfil en línea que con su familia. Nic y los niños sentían el vacío de su ausencia emocional. A pesar de la creciente brecha, Nic se aferraba a la esperanza de reconciliación. Se sentaba en su dormitorio, mirando fotos antiguas, con el corazón pesado por el peso de su matrimonio desmoronándose. Luchaba por su relación, creyendo que de alguna manera, podían encontrar el camino de regreso el uno al otro. Pero cada día, la erosión de su vínculo se sentía más como un colapso inevitable.

CAPÍTULO 6

TRAICION EN LAS SOMBRAS

Nic, el diligente gerente financiero, pasaba la mayor parte de sus días en hojas de cálculo, proporcionando una vida cómoda para su esposa y sus dos hijos. Camila, en contraste, era vibrante y extrovertida, a menudo el alma de las reuniones del vecindario. Muchos los veían como el equilibrio perfecto: la estabilidad tranquila de Nic complementando la personalidad animada de Camila. Sin embargo, las grietas bajo la superficie no eran visibles para los demás.

La tensión había estado creciendo. Nic estaba al límite, equilibrando largas horas de trabajo con las responsabilidades del hogar. Se encargaba de cocinar, limpiar y atender las necesidades de los niños, todo mientras mantenía su trabajo. A pesar de sus esfuerzos, a menudo se encontraba ausente tanto física como emocionalmente. Camila, en lugar de apreciar su dedicación, se sentía descuidada. Anhelaba emoción y atención, interpretando el ajetreo de Nic como negligencia. Su comunicación se deterioró y, pronto, el aburrimiento de Camila con su vida doméstica la llevó por caminos peligrosos. Necesitaba la emoción, una forma de liberarse de la monotonía que había tomado el control de su vida.

Criar a los hijos a menudo se siente como un torbellino, con cada momento girando en torno a sus necesidades y horarios. La vida social queda en segundo plano y las prioridades cambian drásticamente. Alimentaciones nocturnas, dejar y recoger a los niños en la escuela, y actividades interminables llenan los días, dejando poco espacio para cualquier otra cosa. En medio del caos, hay una belleza profunda en la abnegación que trae la crianza. Se trata de encontrar alegría en sus hitos y verlos crecer, sabiendo que ellos son nuestro mundo. Al dar tanto de nosotros mismos, descubrimos la profundidad de nuestro amor y resiliencia.

Pero para Camila, esta etapa se sentía asfixiante. Extrañaba la libertad de su antigua vida, las noches espontáneas, la emoción de la ciudad. En lugar de encontrar alegría en los logros de Adrián, cuando aprendía a leer y explorar el mundo con una energía ilimitada a los cuatro años, o en los primeros pasos y balbuceos de Celina con un año, resentía las demandas constantes. Las noches sin dormir, el ciclo interminable de alimentar, cambiar pañales y manejar berrinches, todo se sentía abrumador. Ver a Nic unirse a los niños mientras ella se sentía distante solo aumentaba su sensación de aislamiento. No podía sacudirse la sensación de que estaba perdiéndose a sí misma.

Camila amaba a sus hijos, pero el desinterés de la maternidad se sentía como un grillete. Observaba a otras madres abrazar sus roles, encontrando satisfacción en la felicidad de sus hijos, y se preguntaba por qué ella no podía sentir lo mismo. Esperaba que cuando Adrián y Celina crecieran y requirieran menos atención constante, podría sentirse más conectada. Pero el resentimiento creció, y anhelaba algo más, algo que reavivara la chispa que había perdido.

Nic, consumido por el trabajo y la paternidad, permanecía ajeno a la profundidad de su lucha. Sus largas horas y constante ocupación dejaban poco tiempo para una conexión significativa, dejando a Camila sintiéndose cada vez más aislada y no valorada. La brecha entre ellos se ampliaba, empujándola más hacia sus sentimientos de soledad y anhelo. Su búsqueda de emoción la llevó por caminos que amenazaban con desentrañar todo lo que habían construido, mientras buscaba recuperar un sentido de identidad y propósito más allá de los roles de esposa y madre.

Camila parecía la esposa perfecta, pero debajo de la superficie, las cosas no eran lo que parecían. Para el segundo año de matrimonio, las demandas de la maternidad, mantener un hogar y trabajar comenzaron a tensar su relación. Camila se sentía cada vez más sola y frustrada. La tensión entre Nic y Camila se hizo evidente para sus amigos. La pareja, que antes era el alma de todas las reuniones sociales, comenzó a retraerse. En los eventos, Nic bebía demasiado mientras Camila parecía distante, pegada a su teléfono.

Con el paso de los años, la insatisfacción de Camila con su vida creció, exacerbando su comportamiento descuidado, egoísta e irresponsable. Perdida en su búsqueda de algo que llenara el vacío, comenzó a descuidar cada vez más las necesidades de su familia, pensando solo en sí misma. Durante este período de creciente insatisfacción, Camila inició una aventura.

Como Directora de Relaciones Públicas de su empresa, Camila tenía que asistir a numerosos eventos. En uno de ellos, un evento benéfico al que su jefe le pidió que asistiera, conoció a Marcos Medina, un abogado corporativo de 38 años.

Marcos se recostó contra la barra, escaneando la sala. Era una noche típica en el elegante salón, lleno del murmullo de conversaciones y el tintineo de copas. Entonces la vio. Camila entró, atrayendo la atención con su impresionante belleza, cabello oscuro y fluido, y su presencia etérea. Marcos no pudo apartar la mirada. Ella se movía con gracia y confianza, sus ojos escaneando la multitud en busca de una cara familiar. Sus miradas se encontraron y, por un momento, el ruido del salón desapareció. Marcos sintió una conexión inmediata e innegable.

Se acercó, su corazón latiendo con fuerza.

—Hola —dijo, su voz firme a pesar de los nervios—. ¿Puedo invitarte a una bebida?

Camila se volvió hacia él, sus ojos encontrándose con los suyos con una intensidad curiosa.

—Claro —respondió, una pequeña sonrisa jugando en sus labios. Tomaré una copa de vino tinto.

Mientras el camarero servía su bebida, Marcos se presentó.

—Soy Marcos. No creo haberte visto aquí antes.

—Soy Camila —dijo, tomando un sorbo de su vino. No suelo asistir a estos eventos, pero mi jefe me pidió que representara a nuestra firma y apoyara la caridad.

Cayeron en una conversación, hablando de todo, desde libros hasta aspiraciones profesionales. Marcos estaba cautivado por su inteligencia e ingenio. Su calidez y encanto hicieron que Camila se sintiera vista y apreciada de una manera que se había vuelto rara con Nic. A medida que avanzaba la noche, Marcos compartió historias sobre sus proyectos de trabajo, demostrando un interés genuino en los pensamientos de Camila. Las horas pasaron y, pronto, el salón estaba cerrando.

Mientras caminaban hacia el fresco aire nocturno, Marcos sintió una sensación de anticipación. Había algo especial en Camila, algo que lo atraía de una manera que no podía explicar. Llegaron a su carro y ella se volvió para enfrentarlo.

—Gracias por la bebida y la conversación —dijo ella, sus ojos buscando los suyos.

—Cuando quieras repetimos —respondió Marcos. Me encantaría verte de nuevo.

Camila sonrió, con una pizca de tristeza en los ojos.

—Tal vez —dijo suavemente. Buenas noches, Marcos.

Mientras conducía, Marcos se quedó allí, viendo las luces traseras de su carro desaparecer en la noche. Decidido a volver a verla, regresó al salón para revisar el registro de invitados.

—Lucinda Martínez —dijo en voz alta. Recorrió la habitación hasta encontrar a Lucinda y le pidió la información de contacto de Camila.

La atracción de Camila por Marcos fue inmediata. Él la hacía sentir vista y deseada. Se sorprendió cuando Marcos la llamó.

—Camila, ¿cómo estás? Soy Marcos, del evento benéfico. ¿Me recuerdas?

—Por supuesto que te recuerdo, Marcos. Estoy bien, ¿y tú?

—Muy bien, gracias. No he podido dejar de pensar en ti desde el viernes pasado y he querido volver a verte. ¿Te gustaría tomar algo conmigo?

Camila vaciló, sabiendo que estaba mal. La tentación era abrumadora y aceptó, sintiéndose descuidada en su matrimonio.

Camila organizó con su empresa asistir a varios eventos donde sabía que estaría Marcos. Durante estos eventos, se conocieron mejor. Sus conversaciones se profundizaron, evolucionando de charlas casuales a discusiones nocturnas sobre esperanzas, sueños y frustraciones de la vida. Camila le confesó a Marcos sus problemas con Nic: la distancia emocional, el abandono. Marcos, siempre el hábil conversador, validó sus sentimientos, asegurándole que merecía algo mejor. Le ofreció un oído comprensivo y una amistad solidaria, algo que había echado de menos en su matrimonio. La atención de Marcos se sintió como un soplo de aire fresco, llenando el vacío que la ausencia de Nic había creado.

La conexión emocional con Marcos floreció en coqueteo, encendiendo una chispa en Camila que pensó que se había extinguido. Mientras Nic estaba absorto en su trabajo, ajeno a los cambios en la vida de su esposa, Camila se encontró en una encrucijada. La historia de amor que había atesorado estaba ensombrecida por la soledad y el deseo de validación. Con cada día que pasaba, el vínculo de Camila con Marcos se profundizaba, llevándola más lejos de la mujer que una vez fue y más cerca de la peligrosa atracción de una aventura.

Inicialmente enraizada en la amistad, su relación creció a medida que Marcos escuchaba las frustraciones de Camila sobre su matrimonio, con un encanto magnético que la hacía sentirse valorada, un marcado contraste con la creciente indiferencia de Nic. Sus conversaciones fluían sin esfuerzo, a menudo prolongándose mucho después de sus reuniones profesionales. Una noche, después de un evento de la empresa, Marcos invitó a Camila a tomar algo para relajarse. Se sentaron en un bar acogedor con poca luz, el ambiente vibraba con risas y el tintineo de copas. Mientras hablaban, Camila sintió una sensación de liberación en presencia de Marcos. La hacía reír, bromeando sobre sus preocupaciones y recordándole la alegría que una vez tuvo. La tensión de su día se desvaneció, reemplazada por una conexión emocionante. Mientras compartían historias, Camila se encontró inclinándose más cerca, cautivada por la calidez en la mirada de Marcos.

Sus encuentros eran eléctricos; la química entre ellos era innegable. Camila reía y sonreía de maneras que no había hecho en meses. Inicialmente ligeras y coquetas, sus interacciones pronto se convirtieron en confidencias sobre luchas personales. Camila comenzó a encontrar excusas para ver a Marcos, quien daba la bienvenida a la atención. Se sentía cautivado por la energía vibrante de Camila, como si su mera presencia lo llenara de vida. Una noche, después de algunas copas, su primer beso encendió un fuego en ambos. Lo que comenzó como un coqueteo inocente se convirtió en una aventura apasionada. Camila sintió una oleada de emoción que no había experimentado en años.

Se encontraban en parques por la noche, en habitaciones de hotel durante el día, y a veces en el apartamento de Marcos. Cada encuentro profundizaba su vínculo a medida que Camila se consumía por su deseo por Marcos. El emocionante peligro de lo prohibido los consumía a ambos. Marcos era un maestro de la decepción, utilizando su posición de poder para asegurarse de que nadie sospechara nada, mientras que Camila luchaba con la culpa que pesaba sobre ella. A pesar de la vergüenza, la pasión entre ellos era innegable.

A medida que la aventura se intensificaba, también lo hacía el riesgo de ser descubiertos. Durante meses, Camila y Marcos vivieron en una burbuja de secreto y pasión. Pero, como con todas las aventuras, la tensión de vivir una doble vida comenzó a desgastarlos. Marcos se volvió más posesivo, a menudo cuestionando a Camila sobre su tiempo con Nic. Camila se sentía dividida entre su lealtad a su esposo y su abrumador deseo por Marcos.

A pesar de la emoción, Camila se sentía culpable. Traicionar a Nic estaba mal. Su matrimonio no era perfecto, pero Nic era un buen hombre que no merecía esto. Aun así, la emoción y la atención que Marcos le daba eran demasiado adictivas para dejarlas ir. A medida que pasaban los meses, la obsesión de Camila por Marcos se profundizaba. Comenzó a mentirle a Nic con más frecuencia, alegando que iba al gimnasio o a salir con amigos cuando en realidad se encontraba con Marcos.

Marcos se convirtió en su escape, su oportunidad de vivir la vida de pasión y emoción con la que siempre había soñado pero que nunca pensó que podría tener. Sin embargo, su relación no estaba exenta de complicaciones. El pasado de Marcos, marcado por un divorcio complicado y una reputación cuestionable, se cernía sobre ellos. Su divorcio había estado lleno de amargas discusiones y confrontaciones públicas. Los rumores en su bufete de abogados lo pintaban como imprudente en sus elecciones personales. Su exesposa lo había acusado de infidelidad y de priorizar su carrera sobre su matrimonio. La separación dejó a Marcos con la reputación de mujeriego, alguien en quien no se podía confiar para comprometerse.

En el ámbito profesional, susurros de prácticas poco éticas perseguían a Marcos. Los clientes elogiaban su aguda mente legal, pero siempre había murmullos sobre cómo lograba sus victorias. Los rumores de manipular las reglas y explotar lagunas legales lo seguían, ensombreciendo sus logros. A pesar de su encanto, estas dudas sobre su carácter eran una constante en su relación. Camila se sentía atraída por su vitalidad, pero no podía ignorar por completo las señales de alerta.

Camila trató de mantener su aventura oculta de todos, especialmente de Nic. Pero a medida que la conexión se fortalecía, también lo hacían los riesgos que estaban tomando. Los encuentros nocturnos y los mensajes secretos se volvieron más difíciles de explicar, y Camila comenzó a vivir con el miedo constante de ser descubierta.

El punto de inflexión llegó una tarde cuando Marcos presionó a Camila para algo más que reuniones secretas. Quería que dejara a Nic y se comprometiera completamente con él.

—No puedo seguir viviendo así —le dijo, su voz cargada de desesperación—. Podríamos estar juntos, verdaderamente juntos.

Pero Camila dudó. A pesar de todo, no podía soportar destruir su matrimonio por completo. Marcos confesó que no quería cuidar a los hijos de otro hombre, creyendo que como Camila era una madre ausente, estaría bien con dejar a Nic y a sus hijos. Camila se sorprendió.

—No, Marcos. No puedo abandonar a mis hijos. Me necesitan, aunque no lo parezca. No puedo simplemente alejarme de ellos —dijo, su voz temblando.

La expresión de Marcos se endureció.

—Si te quedas, estarás atrapada en esa vida para siempre. Podríamos tener un nuevo comienzo, solo nosotros.

Camila negó con la cabeza, las lágrimas corriendo por su rostro.

—No puedo hacerles eso. No puedo hacerle eso a Nic. Esta aventura ya ha causado suficiente daño.

—¿Dónde nos deja eso, Camila? ¿De qué se ha tratado esta relación? ¿Solo una aventura?

Al darse cuenta de la profundidad de su lucha, Marcos guardó silencio. La tensión colgaba en el aire, pesada con verdades no dichas. Camila sabía que tenía que tomar una decisión, pero el camino a seguir no estaba nada claro.

Esa noche, Camila se sentó sola en su dormitorio, con el peso de sus decisiones presionando fuertemente sobre sus hombros. La emoción de su aventura con Marcos había traído una oleada de excitación que no había sentido en años, pero ahora, después de cinco meses, el estrés de vivir una doble vida estaba pasando factura. Se sentía dividida, tirada en dos direcciones, sin saber a dónde ir o qué hacer. Envió un mensaje urgente a su fiel amiga Rocío:

—Necesito hablar. Es serio. ¿Podemos almorzar mañana?

Rocío respondió rápidamente, su curiosidad despertada.

—Claro, ¿a qué hora? ¿Qué es tan urgente?

—El mediodía está bien. Tengo que decírtelo en persona. No por mensaje. Nos vemos mañana en nuestro lugar favorito.

Al día siguiente, Rocío llegó al restaurante, con la ansiedad evidente.

—Hola Camila, ¿qué pasa? Me has tenido en ascuas todo el día.

Camila respiró hondo, su corazón latiendo con fuerza.

—Rocío, necesito decirte algo.

Rocío se inclinó, con los ojos muy abiertos.

—Vamos, suéltalo. ¿Qué está pasando?

Camila miró nerviosamente a su alrededor.

—¿Recuerdas ese evento en el bufete de abogados? ¿El abogado, Marcos, que conocí esa noche?

Rocío asintió.

—Sí, ¿qué pasa con él?

La voz de Camila bajó a un susurro.

—He estado viéndolo. Durante los últimos cinco meses.

Los ojos de Rocío se abrieron de par en par, su mano volando a su boca.

—Oh Dios mío, Camila. ¿Hablas en serio? ¿Cinco meses? Nunca mencionaste una palabra al respecto. Pero ahora entiendo por qué no has estado tan disponible.

Camila asintió, con lágrimas acumulándose.

—Ha sido... intenso. Lo siento, Rocío. No quería que nadie supiera sobre esta aventura. No es algo de lo que esté orgullosa, pero él me hace sentir viva de una manera que no he sentido en años. Vamos a bailar, siempre está dispuesto a salir. A diferencia de Nic, que solo quiere quedarse en casa.

La expresión de Rocío se suavizó, una mezcla de preocupación y comprensión.

—Pero Camila, ¿qué pasa con Nic? ¿Y los niños?

Camila bajó la mirada, su voz temblando.

—Lo sé. Sé que está mal. Pero Marcos... me hace sentir que puedo escapar. Dice que podríamos ser felices juntos, sin preocuparnos por las consecuencias.

Rocío extendió la mano a través de la mesa, tomando la mano de Camila.

—Camila, tienes que pensar en tu familia. Esto no se trata solo de ti y Marcos. ¿Realmente estás dispuesta a renunciar a todo eso?

Los ojos de Camila se llenaron de lágrimas mientras apretaba la mano de Rocío.

—No lo sé, Rocío. Estoy tan confundida.

Rocío suspiró, su voz suave pero firme.

—¿Sabes lo que realmente quiere Marcos? ¿Está buscando un futuro contigo o solo disfrutando de la emoción?

Camila se mordió el labio, su mente acelerada.

—No lo sé. Habla de un futuro, pero...

—¿Pero qué? ¿Qué tipo de demandas te está haciendo?

—Rocío, Marcos habla de un futuro para nosotros, pero sin los niños.

—Oh Dios mío, Camila, esto no puede ser. ¿Existe alguna forma en que tú y Nic puedan arreglar los problemas que existen en su matrimonio?

Rocío asintió, dando a la mano de Camila un apretón tranquilizador.

—Necesitas pensar en lo que quieres, Camila. ¿Qué valoras más: la estabilidad de tu familia o la pasión con Marcos?

Camila se recostó, perdida en sus pensamientos.

—No lo sé. Necesito resolver esto.

Mientras miraba por la ventana del restaurante, su mente corría mientras pensaba en su situación

La aventura con Marcos había creado una profunda grieta, incluso afectando a los niños, ya que ella pasaba más tiempo fuera de casa. Camila se sentía desconectada de su familia, siempre irritable y aburrida cuando estaba en su casa. Las tardes familiares o las actividades con Nic y los niños no le traían ninguna alegría. Al distanciarse más, se sentía en otro mundo, libre de responsabilidades familiares y preocupaciones diarias. La estabilidad, el amor de Nic y los niños ahora se sentían como cargas, obstáculos que la retenían de la vida que pensaba que quería.

Se le estaban acabando las excusas para salir de la casa, diciéndole a Nic que tenía recados o que iba a almorzar con amigas. Le asustaba lo fácil que le resultaba mentir, inventando excusas y cubriendo sus huellas, plenamente consciente de que este comportamiento podía llevar a la destrucción de su familia. Su enredo con Marcos se profundizaba. Sabía que era peligroso y que no podría durar para siempre, pero no encontraba la fuerza para terminar con Marcos. No estaba lista para renunciar a la forma en que Marcos la hacía sentir. Probablemente solo era cuestión de tiempo antes de que la verdad saliera a la luz, pero hasta entonces, estaba decidida a vivir el momento y aferrarse a la emoción que Marcos traía a su vida. ¿Realmente quería volver a esa existencia aburrida?

Camila estaba tan absorta en sus pensamientos que Rocío tuvo que mover las manos frente a ella para llamar su atención.

—Hola, ¿hay alguien ahí? Tierra llamando a Camila.

Camila volvió al presente.

—Lo siento, Rocío.

Rocío sonrió suavemente.

—No tienes que enfrentarlo sola. Estoy aquí para ti, sea lo que sea que decidas. Sé que esto es difícil y que tienes que tomar algunas decisiones. Solo recuerda lo que está en juego aquí: tu matrimonio, tu familia, esos hermosos niños que necesitan una madre.

Camila respiró profundamente, sintiendo el peso de sus emociones.

—Gracias, Rocío. Realmente necesitaba hablar de esto. Tengo mucho en qué pensar y me ayuda saber que estás aquí para mí.

Rocío le apretó la mano y le ofreció una sonrisa tranquilizadora.

—Siempre, Camila. Tómate tu tiempo y recuerda que no tienes que resolver esto sola.

Camila asintió, sintiendo un destello de esperanza.

—Lo aprecio más de lo que crees. Volvamos a ponernos al día pronto.

Se abrazaron con fuerza antes de despedirse, cada una plenamente consciente del difícil camino que aguardaba a Camila, pero ambas fortalecidas por el poder inquebrantable de su amistad.

Mientras Camila se sentaba sola en su sala de estar, el peso de sus decisiones la agobiaba como una nube de tormenta lista para estallar. La emoción y el entusiasmo de su aventura con Marcos ahora estaban ensombrecidos por la abrumadora realidad de lo que podría perder. Su mente se desvió a las palabras de Rocío: «Tienes que pensar en tu familia». La culpa la carcomía, un recordatorio constante de la traición que había cometido.

Miró alrededor de la sala, sus ojos se posaron en las fotos familiares que adornaban las paredes. Recuerdos de tiempos más felices, momentos llenos de risas y amor, ahora se sentían como ecos distantes de una vida que había dejado escapar poco a poco. La elección ante ella parecía imposible: continuar viviendo una mentira con Marcos, persiguiendo momentos fugaces de pasión, o enfrentar sus demonios y luchar por la familia que casi había abandonado.

Su teléfono vibró, sacándola de su ensoñación. Era un mensaje de Marcos, lleno de promesas de un futuro solo para ellos. Pero mientras miraba la pantalla, las palabras se sentían vacías. Sabía que no podía seguir ignorando la realidad. Las risas de los niños desde el piso de arriba rompieron el silencio, un recordatorio conmovedor de lo que estaba en juego.

Respirando hondo, se levantó, su determinación endureciéndose. Camila sabía que tenía que tomar una decisión esa noche, una decisión que definiría el resto de su vida. El camino por delante estaba envuelto en incertidumbre, pero una cosa estaba clara: no podía seguir entre dos mundos. Tenía que enfrentar las consecuencias de sus acciones y decidir de una vez por todas dónde estaban sus lealtades.

Cuando el reloj marcó la medianoche, Camila subió las escaleras, decidida a buscar la paz y la claridad que tanto necesitaba. Con el corazón pesado por el peso de su inminente decisión, susurró una oración silenciosa por fortaleza y guía, sabiendo que, fuera cual fuera el camino que eligiera, no habría vuelta atrás.

CAPÍTULO 7
MENTE SUSPICAZ

Nic, sin saber del asunto pero cada vez más suspicaz, notó cambios en Camila. Ella se había vuelto distante y reservada. Podía sentir que ella se le escapaba, pero no sabía por qué. Su inquietud crecía más fuerte. Claramente algo estaba mal.

La aventura amorosa de Camila permaneció sin ser detectada durante varios meses, pero la tensión de llevar una doble vida afectó profundamente a Camila. Pasaba más tiempo fuera de su casa, y cuando estaba allí, a menudo estaba distraída, perdida en pensamientos sobre Marcos. Nic notó los cambios en su comportamiento, pero no le pidió explicaciones, asumiendo que ella simplemente estaba pasando por una fase.

Camila, antes abierta y cálida, se había vuelto distante y evasiva. Siempre estaba en su teléfono, bloqueándolo rápidamente cuando Nic entraba en la habitación. Sus noches de chicas y mandados repentinos se multiplicaron, y su horario, antes predecible, parecía cambiar de repente. Aunque Nic nunca había sido del tipo celoso, no podía sacudirse la sensación de que algo iba terriblemente mal.

Al principio, Nic trató de deshacerse de sus preocupaciones. Habían estado casados por casi una década, y no era raro que las parejas tuvieran altibajos. Reconoció que Camila se había convertido en una madre y esposa ausente, pero confiaba en ella. Sabía que, a diferencia de él, ella necesitaba validación externa y emoción. En el fondo de su corazón, no sospechaba inicialmente de una aventura amorosa. Nic se convenció de que Camila estaba inquieta, tal vez por sus largas horas de trabajo y la creciente distancia entre ellos. Se culpó a sí mismo por no estar más presente, por permitir que su relación se convirtiera en rutina.

Mientras la relación de Camila y Marcos continuaba, Nic comenzó a notar los cambios en su esposa. Ella ponía excusas constantes para evitar pasar tiempo con él. Cuando estaba en casa, parecía preocupada, perdida en sus pensamientos. Nic trató de ignorarlo al principio, convenciéndose de que Camila estaba simplemente ocupada o cansada, pero sabía que algo estaba mal. Las noches que solían pasar hablando y riendo ahora estaban llenas de silencios incómodos. Su intimidad física también se había desvanecido, dejando a Nic sintiéndose rechazado y confundido. Comenzó a observarla más de cerca, tratando de armar el rompecabezas. Sus sospechas crecieron, y pronto no pudo sacudir la sensación de que había otro hombre en la vida de Camila.

Una noche, después de que Camila se había ido a la cama, Nic se sentó en la sala de estar, con la mente acelerada. Incapaz de sacudirse la sensación de que ella estaba ocultando algo, decidió revisar su teléfono mientras dormía. Sabía que estaba mal, que sería una violación de la confianza, pero su curiosidad sobrepasó su mejor juicio. Su corazón latía con fuerza mientras desbloqueaba su teléfono y revisaba sus mensajes. Al principio, no había nada fuera de lo común: conversaciones con amigos, familiares y compañeros de trabajo. Pero luego se topó con una serie de mensajes de un contacto llamado XOXO y un número que no reconoció. Los textos eran vagos pero llenos de matices afectuosos. Hablaban de encontrarse en secreto, momentos robados y anhelos mutuos. Nic sintió un nudo apretarse en su estómago. Sus peores temores se estaban haciendo realidad.

A la mañana siguiente, Nic exigió saber con quién había estado enviando mensajes. Siempre la hábil manipuladora, Camila actuó sorprendida y herida por sus acusaciones. Lo negó todo, alegando que los mensajes eran conversaciones inocentes con amigos. Ella invirtió la situación, acusándolo de ser paranoico y controlador.

—Podrías haberme preguntado, y con mucho gusto te habría mostrado mi teléfono y te habría dicho lo que quisieras saber.

Nic respiró hondo, tratando de calmar sus emociones. Sabía que presionar más podría escalar la situación.

—Está bien, Camila —dijo con su voz calma pero tensa. Te tomaré la palabra. Pero necesitamos trabajar en nuestra comunicación. Este secreto y la distancia entre nosotros no pueden continuar si queremos que este matrimonio funcione.

Se dio la vuelta y se alejó, dejando a Camila sola con sus pensamientos. La mente de Nic corría con dudas y sospechas, pero sabía que confrontarla nuevamente sin pruebas concretas solo llevaría a más conflictos. Después de que él se fue, Camila borró todos los mensajes con Marcos y su información de contacto de su teléfono.

La confrontación dejó a Camila temblando. Su corazón latía con fuerza mientras negaba sus acusaciones, asegurándole que todo estaba bien. Pero la mirada en sus ojos le dijo que no estaba convencido. Esa noche, mientras yacía a su lado, una ola de culpa casi la rompió. Sabía que estaba hiriendo al hombre que la había amado fielmente, que le había dado una familia y una vida que una vez había apreciado. Sin embargo, incluso con esa realización, no podía sacudirse la atracción hacia Marcos. La relación se había convertido en algo más que una simple aventura; era una pasión consumidora.

Nic se mantuvo alerta, esperando que la verdad se revelara con el tiempo. Cada día que pasaba, sospechaba más y no podía ignorar las frecuentes ausencias de Camila, su repentino entusiasmo por el gimnasio y su desapego emocional. Dos semanas después, Camila regresó tarde a casa y Nic la confrontó.

La sospecha de Nic llegó a su punto álgido una noche en la que decidió confrontar a Camila. La había estado observando de cerca durante semanas y su paciencia se había agotado. Cuando ella llegó tarde a casa del trabajo otra vez, él la estaba esperando en la mesa de la cocina.

—¿Dónde estabas? —preguntó, con la voz tensa por una ira apenas disimulada.

Camila vaciló, sus ojos recorriendo la cocina mientras trataba de encontrar una excusa. Pero a Nic no le interesaban las mentiras.

—No me mientas, Camila. Sé que algo está pasando.

—Te dije que estaba en el gimnasio —respondió Camila, tratando de mantener la voz informal.

—Lo sé, pero no pareces alguien que acaba de hacer ejercicio o ducharse. Además, el gimnasio cerró hace horas. Entonces, ¿dónde has estado toda la noche?

Camila consideró confesar todo: la aventura, sus sentimientos de abandono y cómo había encontrado consuelo en Marcos. Pero instintivamente, redobló la apuesta en sus mentiras.

—Estás siendo paranoico —replicó. El hecho de que tenga una vida social con amigos y disfrute de salir no significa que esté haciendo algo malo.

—Camila, esto no tiene nada que ver con tener amigos y divertirse. Se trata del hecho de que estás descuidando tus responsabilidades con esta casa y tus hijos. Tenemos hijos que nos necesitan. Estás actuando como si fueras soltera y sin responsabilidades —replicó Nic.

—Nic, no tienes idea de lo asfixiante que es sentirse atrapada. Necesito algo de espacio, algo de tiempo para recordar quién soy más allá de ser esposa y madre. No estoy tratando de estar soltera; solo necesito respirar.

—¿Dijiste asfixiante? ¿Atrapada? ¿Necesitas espacio? —se burló Nic. Basta de excusas, Camila. Esto es sobre nuestra responsabilidad por esos dos niños que necesitan padres y no entenderán que te sientas asfixiada o atrapada. Ordena tus prioridades. Tu responsabilidad principal es ser madre.

Camila sabía que él tenía razón y no respondió, simplemente bajó la mirada avergonzada.

—¿Quieres seguir insistiendo en que estabas en el gimnasio? Está bien, pero no pienses que soy tan estúpido o ingenuo como para creerte. Adelante, no me digas dónde has estado toda la noche y con quién. Pero que esto te sirva de advertencia: estoy harto de ti y de tu comportamiento inmaduro. Es hora de madurar, Camila, o este matrimonio no sobrevivirá. Dicho esto, Nic se alejó de Camila, dejándola en la cocina con sus propios pensamientos.

La discusión se intensificó, sus voces resonaron por toda la casa. A pesar de sus sospechas, Nic se abstuvo de acusarla directamente de una aventura. La pelea terminó en un silencio gélido, con Nic retirándose a su oficina y Camila a su dormitorio.

Después de la confrontación, Camila se retiró con el corazón latiendo con miedo y culpa. Se sentía atrapada, sus pensamientos se aceleraban mientras trataba de averiguar cómo salvar la situación. La mirada de dolor y sospecha en los ojos de Nic la perseguía, y el peso de su engaño amenazaba con aplastarla. Mientras yacía en la cama, con lágrimas corriendo por su rostro, se dio cuenta de que sus mentiras se desmoronaban más rápido de lo que podía manejar. La relación con Marcos se había convertido en algo más que una simple aventura; era una pasión consumidora que la había atrapado por completo.

La aventura estaba afectando la vida de Camila. Se sentía constantemente dividida entre su deber hacia su familia y su deseo por Marcos.

Se volvió distante, su mente a menudo vagaba hacia pensamientos sobre él, incluso cuando estaba en casa con sus hijos. Intentaba ocultar la tensión, pero Nic percibía el cambio. Su amorosa esposa, que antes era tan atenta, parecía distraída.

A pesar de sus sospechas, Nic quería confiar en Camila. Su intuición se hacía más fuerte cada día, percibiendo que algo andaba mal pero sin saber que ella la había traicionado. Desesperado por obtener respuestas, puso un rastreador GPS en su auto para saber a dónde iba después del trabajo. Ella rara vez estaba en la casa y no tenía una buena explicación para sus ausencias.

Revisar su teléfono era un acto desesperado por obtener respuestas. Cuando encontró los mensajes incriminatorios, se le rompió el corazón. La mujer que amaba, la madre de sus hijos estaba viviendo una doble vida. El dolor era casi insoportable. Incluso después de enfrentarse a Camila, Nic luchó con sus emociones. Quería creer en sus negaciones, aferrarse a la esperanza de que su matrimonio pudiera salvarse. Pero la evidencia era innegable y la confianza entre ellos estaba dañada.

El rastreador GPS era un último recurso para confirmar sus sospechas. Cada nueva revelación se sentía como una daga en su corazón, confirmando la traición de Camila. Sin embargo, en medio de la ira y el dolor, Nic también sintió una profunda tristeza por la vida que habían perdido y el futuro incierto.

Nic sintió una profunda sensación de traición y confusión. Siempre había confiado en Camila sin reservas, creyendo en su vínculo. Descubrir su engaño destrozó esa confianza, dejándolo, lidiando con la ira, la tristeza y la duda. Cuestionó sus acciones, preguntándose si sus largas horas de trabajo y la distancia emocional la habían alejado. La comprensión de que él podría haber contribuido a su infelicidad lo abrumó. Al ver que Camila se volvía más distante y reservada, Nic se sintió impotente. Quería acercarse, tender un puente, pero no sabía cómo. Sus intentos de entablar una conversación con ella se toparon con evasivas o irritación, lo que profundizó su aislamiento.

Los primeros días de seguimiento le brindaron poca información. El auto de Camila siguió rutas habituales, con paradas ocasionales en lugares familiares. Pronto, el rastreador reveló patrones que Nic no podía ignorar. Una noche, en lugar de dirigirse a casa después del trabajo, el auto de Camila se detuvo en un bar al otro lado de la ciudad. El rastreador mostró que su auto estuvo estacionado allí durante horas. El corazón de Nic se hundió, lo que confirmó sus peores temores.

En las semanas siguientes, el rastreador comenzó a revelar un panorama más claro. El auto de Camila visitaba con regularidad el mismo bar, la casa de una amiga conocida por sus fiestas desenfrenadas, una casa adosada en Alexandria, Virginia, a las afueras de Washington, D.C., e incluso un rincón apartado junto al río. Cada destino trazaba el contorno de una vida en la que Nic no tenía cabida, una existencia cargada de emoción e imprudencia que Camila parecía ansiar con desesperación.

Armado con esta información, Nic sintió una mezcla de ira, traición y tristeza. Sabía que tenía que enfrentarse a Camila, pero también comprendió que este era un momento crucial para su familia. Una noche, después de acostar a los niños, sentó a Camila y le mostró los datos del rastreador GPS. La reacción inicial de Camila fue defensiva, pero cuando Nic le expuso los hechos con calma, sus defensas se derrumbaron. Admitió sentirse atrapada e infeliz, buscando consuelo en un estilo de vida que, en última instancia, la dejó más vacía y perdida. La confrontación fue dolorosa, pero trajo un momento de honestidad cruda que había estado ausente en su relación durante años. Las revelaciones obligaron tanto a Nic como a Camila a enfrentar su realidad.

En la sala de estar familiar, tarde en la noche, el ambiente era tenso. Nic estaba sentado en el sofá, con un vaso de agua en la mano, mientras Camila estaba de pie junto a la ventana, mirando hacia la noche.

—Sabes, Nic, tu alcoholismo es parte de la razón por la que comencé a salir tanto. Necesitaba un escape de este lío —dijo Camila enojada, volviéndose para mirarlo.

Nic suspiró.

—Lo sé, Camila. Mi dependencia al alcohol no ayuda. Pero ambos hemos cometidos errores. Ambos necesitamos cambiar.

—Sí, Nic. Sé que podemos hacer una diferencia en nuestra relación y reavivar lo que una vez tuvimos. Realmente me gustaría volver a la pasión que una vez compartimos.

Nic la miró, fortaleciéndose.

—Va a llevar tiempo, pero estoy dispuesto a trabajar en ello si tú lo estás.

Camila asintió, con un destello de esperanza en sus ojos.

—Estoy dispuesta. Hagámoslo juntos.

Se abrazaron, ambos conscientes del largo camino por delante, pero listos para dar el primer paso hacia la curación. Decidieron buscar asesoramiento, tanto individualmente como en pareja, para abordar sus problemas y encontrar una manera de avanzar. Nic se comprometió a dejar de beber y Camila se comprometió a ser una mejor esposa y madre. El compromiso inquebrantable de Nic con su familia y la disposición de Camila a enfrentar sus demonios se convirtieron en la base de su viaje de sanación.

Aunque el camino por delante era incierto, la honestidad y transparencia de esa difícil discusión les dio la oportunidad de reconstruir su relación sobre bases más firmes. Por el bien de Adrián y Celina, ambos sabían que debían intentarlo.

Más tarde esa noche, mientras Camila estaba sentada sola en su habitación, recibió un mensaje de Marcos: «Te extraño. ¿Cuándo puedo verte de nuevo?».

Su corazón se aceleró mientras escribía su respuesta, con los dedos temblando. «Necesito hablar contigo.»

Se encontraron en su lugar habitual, un rincón apartado de un parque cercano. Marcos la saludó con una cálida sonrisa, pero sus ojos delataban su ansiedad.

—¿Qué está pasando, Camila?

Tomando un profundo suspiro, lo miró a los ojos.

—Marcos, necesitamos hablar sobre nosotros... sobre el futuro.

La expresión de Marcos se tornó seria.

—¿Qué quieres decir?

Camila vaciló, las palabras atrapadas en su garganta. Había planeado terminar todo, decirle que estaba eligiendo a su familia, pero al verlo ahora, no pudo hacerlo.

—Yo... no sé si puedo seguir haciendo esto.

Marcos se acercó más, con la voz suave pero insistente.

—Podemos hacerlo funcionar, Camila. Solo tú y yo. No necesitamos nada ni a nadie más.

Incapaz de mantener la farsa, Marcos la confrontó, exigiendo una decisión. No podía continuar en las sombras y necesitaba saber si ella estaba dispuesta a dejar su matrimonio y comenzar de nuevo. El ultimátum la dejó aturdida, dividida entre su lealtad a su familia y su pasión por Marcos. Estaba aterrorizada por las consecuencias, pero también quería la libertad que él ofrecía. La mente de Camila estaba en un torbellino, sopesando los riesgos y las recompensas de cada elección. Pensó en sus hijos y en cómo les afectaría. Los amaba profundamente y sabía que dejar a Nic los devastaría. Sin embargo, su corazón anhelaba a Marcos, quien representaba un futuro incierto pero emocionante.

Dividida entre su amor por su familia y la pasión que sentía por Marcos, Camila tomó una decisión que sabía era temporal.

—Necesito más tiempo, Marcos. Por favor, entiende.

Marcos asintió, con una mezcla de alivio y frustración.

—Tómate todo el tiempo que necesites. Solo recuerda, estoy aquí para ti.

A pesar de su compromiso de hacer que su matrimonio funcionara, cuando llegó el momento de hablar con Marcos, no pudo hacerlo. Decidió seguir manteniendo la relación con Marcos un poco más, incapaz de renunciar a la emoción de su relación. Mientras se despedían, Camila sintió una punzada de culpa pero también una extraña sensación de confort al saber que no había cerrado la puerta a esta parte de su vida todavía. Sabía que sus elecciones tendrían consecuencias, pero por ahora, estaba atrapada entre dos mundos, incapaz de comprometerse completamente con ninguno.

Al final, no pudo decidirse. Le dijo a Marcos que necesitaba más tiempo, rogándole que entendiera la complejidad de su situación. Él accedió a regañadientes, pero Camila pudo ver la frustración en sus ojos. Su paciencia se estaba agotando, y su indecisión lo alejaba. La tensión entre ellos había llegado a un punto crítico, y ella estaba atrapada en el medio, paralizada por el miedo y el deseo.

Conduciendo de regreso a su casa, Camila repasó su discusión con Marcos, que no había progresado como había planeado. Su conexión se había intensificado al punto de que las reuniones casuales ya no eran suficientes. Habían comenzado a hablar sobre su futuro, atreviéndose a imaginar una vida juntos. Marccs incluso había propuesto que dejaran todo atrás. La idea era emocionante y aterradora, prometiendo libertad a un costo inimaginable.

Por un momento fugaz, Camila imaginó una vida libre de su matrimonio, libre para amar abiertamente. Pero la realidad era desalentadora. ¿Cómo podía abandonar a su familia, a sus hijos? La culpa y la vergüenza luchaban con el deseo en su corazón, y se sentía atrapada entre dos mundos. Sopesó las opciones, dándose cuenta de la enormidad de lo que Marcos le estaba pidiendo. La conversación había terminado sin una respuesta clara, pero la idea permanecía. Camila sabía que lo que compartían no podía permanecer oculto para siempre. Tarde o temprano, tendrían que enfrentar las consecuencias.

Mientras se despedían esa noche, tenía una sensación de temor en el corazón. Ya no estaba coqueteando con el peligro; estaba al borde de un precipicio, y un paso en falso podría enviar toda su vida al caos. Tenía que tomar una decisión de una forma u otra.

Tras su confrontación y los compromisos renovados la semana anterior, Nic no perdió tiempo en emprender el camino hacia la sobriedad. Decidido a hacer un cambio, vertió botellas de alcohol, asistió a reuniones de apoyo y pasó más tiempo de calidad con los niños. Con su mente ya no nublada por el alcohol, comenzó a ver las cosas más claramente y a sentirse más presente en su relación con Camila y los niños. Trabajó incansablemente para reconstruir la confianza, buscando reconectarse con Camila y fortalecer los lazos familiares.

Mientras tanto, las acciones de Camila eran contradictorias. Aunque inicialmente aceptó buscar terapia, a menudo se la veía escabullirse por la noche, regresar tarde a casa y perderse momentos familiares importantes. Sus sentimientos por Nic se volvieron aún más conflictivos. Estaba resentida con él por hacerla sentir culpable y por no comprender su infelicidad. En su mente, Nic la había llevado a la aventura. Si tan solo hubiera sido más atento, cariñoso y presente, y hubiera aceptado mudarse de nuevo a Nueva York, nada de esto habría sucedido.

La dinámica familiar era tensa y frágil. Nic se centró en reparar la relación, mostrando un compromiso inquebrantable con su familia, mientras que Camila luchaba con sus propios sentimientos y acciones. Se sentía atrapada entre la vida que tenía y la vida que deseaba.

Adrián y Celina percibieron la tensión. Adrián, ahora lo suficientemente mayor para percibir la atmósfera tensa, se volvió más tranquilo y a menudo se retiraba a su habitación. Celina, todavía demasiado joven para comprender del todo, se aferró más a Nic, buscando consuelo.

La dedicación de Nic a mejorar su vida y su matrimonio era evidente. Trabajó diligentemente en su sobriedad, creando un ambiente estable para los niños. Asistía a todos los eventos escolares, cocinaba comidas y se aseguraba de pasar tiempo de calidad con Adrián y Celina. Las acciones de Nic eran su manera de demostrar amor y compromiso, incluso cuando las palabras le fallaban.

Nic estaba comprometido a reparar su matrimonio, haciendo todo lo posible para mejorar las cosas y organizando veladas románticas. Incluso intentaron ir a terapia, a lo que Camila accedió de mala gana, pero durante la primera sesión, ella se cerró y fue poco sincera, negándose a reconocer los problemas en el matrimonio. Nic decidió no seguir perdiendo el tiempo. No importaba lo que hiciera, sus esfuerzos parecían no causar ninguna impresión en Camila. Ella se mantuvo fría y distante.

Camila, por otro lado, lidiaba con su sentimiento de culpa y su deseo de libertad. Asistía a sesiones de terapia, pero se mantenía emocionalmente distante. Sus salidas nocturnas con Marcos continuaron, dejando a Nic en un estado de constante preocupación y frustración.

La honestidad y la transparencia que surgieron de su enfrentamiento brindaron un rayo de esperanza, pero estaba claro que el camino hacia la sanación sería rocoso.

Una noche, mientras acostaba a Adrián y Celina, Nic se quedó en la puerta observándolos dormir plácidamente. El silencio de la casa contrastaba marcadamente con la agitación de sus vidas, pero encerraba la promesa de un nuevo comienzo. Camila estaba de pie en el pasillo; sus ojos se encontraron con los de Nic. Intercambiaron una sonrisa vacilante, ambos conscientes del incierto viaje que les aguardaba, pero comprometidos a recorrerlo juntos.

Mientras Nic apagaba las luces, susurró en silencio una promesa para sí mismo. No importaba cuánto tiempo llevara, lucharía por su familia y el amor que una vez compartieron. El camino hacia la redención estaba lleno de desafíos, pero en los momentos de quietud de la noche, había un destello de esperanza de que pudieran encontrarse de nuevo.

CAPÍTULO 8
PROMESAS QUEBRANTADAS

L a ruptura de su matrimonio estuvo marcada por intensas discusiones y confrontaciones emocionales. Nic, con la paciencia agotada, finalmente confrontó a Camila por su comportamiento. La discusión fue explosiva, rompiendo la frágil paz que habían mantenido por sus hijos. Años de resentimiento y dolor no expresado estallaron, dejando su relación colgando de un hilo.

Nic, aún ajeno a la aventura de Camila con Marcos, seguía dedicado a su familia, creyendo que estaba haciendo todo lo posible para mantenerlos felices. No se daba cuenta de que la satisfacción de Camila con la vida familiar se desvanecía gradualmente, reemplazada por la fascinación con la vida que Marcos ofrecía. Los cambios en su comportamiento (su creciente distancia, las noches tardías) fueron ignorados o atribuidos al estrés de la vida. Con el tiempo, sin ver mejora alguna, la esperanza de Nic comenzó a desvanecerse. Se dio cuenta de que no había nada más por lo que luchar. Exhausto, consideró seriamente iniciar los trámites de divorcio, viéndolo como la única salida de su vida solitaria y sin amor.

A medida que pasaba el tiempo y no había ningún cambio positivo en el comportamiento de Camila, la esperanza de Nic comenzó a desvanecerse. Se dio cuenta de que no había nada más por lo que luchar. Estaba cansado y considerando seriamente iniciar los trámites de divorcio. Parecía la única manera de salir de la vida solitaria y sin amor que había estado viviendo.

Seis meses después de su acuerdo, Nic estaba sentado en el sofá, luciendo exhausto. La tenue luz de la sala de estar proyectaba sombras en su rostro, resaltando las líneas de preocupación grabadas profundamente en sus rasgos. Miró el reloj, el tictac era un recordatorio constante de la hora tardía. Camila entró tambaleándose, claramente había estado de fiesta.

—Camila, ¿dónde has estado? Son las 2 de la mañana. Los niños preguntaban por ti —dijo Nic con la frustración evidente en su voz.

—Necesitaba un descanso y salí con amigos —respondió Camila a la defensiva, evitando los ojos de él.

—¿Un descanso? Prometiste que pararías esto. Dijiste que serías una mejor madre —dijo Nic enojado, levantando la voz.

—Lo estoy intentando, Nic. No es fácil —dijo Camila encogiéndose de hombros y con tono despectivo.

Nic se pasó una mano por el cabello, un gesto de exasperación.

—He cumplido mi promesa, Camila. Dejé de beber. He estado aquí por los niños. Pero tú... tú no has cambiado nada —suspiró, con el peso de sus palabras flotando en el aire.

El viaje de Nic hacia la sobriedad había sido largo y arduo. Recordaba las noches que pasaba en una neblina; las mañanas llenas de arrepentimiento. El camino hacia la recuperación estuvo lleno de desafíos, pero perseveró, impulsado por su amor por sus hijos y el deseo de ser un mejor hombre. Este viaje le dio la fuerza para enfrentar los problemas en su matrimonio, pero también le hizo darse cuenta de que no podía salvar a Camila de sí misma.

—¡No te atrevas a juzgarme! ¿Crees que eres tan perfecto ahora? —gritó Camila, con el rostro enrojecido por la ira.

—No soy perfecto, Camila. Pero lo estoy intentando. Y no puedo seguir haciendo esto solo. Los niños merecen algo mejor —dijo Nic con calma, su voz firme a pesar de la confusión en su interior.

—Estoy haciendo lo mejor que puedo, Nic. De verdad —sollozó Camila, con lágrimas corriendo por su rostro.

—Lo mejor que puedes hacer no es suficiente. No por ellos. No por nosotros. No puedo seguir viviendo así. Creo que es hora de que terminemos esto —dijo Nic suavemente, con la voz quebrada.

—¿Qué estás diciendo? —preguntó Camila, sorprendida.

—Estoy diciendo que quiero el divorcio. Te he dado diez años, Camila. Diez años para intentar que esto funcione. Pero ya no puedo hacerlo más —dijo Nic con firmeza, con su resolución clara.

—¡No puedes simplemente renunciar a nosotros! —gritó Camila. Nic, por favor dame otra oportunidad. Prometo que cambiaré. Por favor, no me abandones.

—No me estoy rindiendo. Estoy eligiendo seguir adelante. Por los niños. Por mí mismo —dijo Nic con tristeza, sus ojos llenos de dolor.

—¿Y yo? Nic, por favor ayúdame a mantener unida a nuestra familia —susurró Camila, con la voz temblorosa. Nic, me equivoqué. Por favor, déjame arreglar las cosas. Podemos ser lo que éramos antes. Recuerda esos días de universidad, los sueños, el amor. Sé que ya he hecho promesas antes, pero esta vez no te defraudaré. Nic, te juro que esta vez hablo en serio. Sé que todavía me amas y yo te amo. Por el bien de nuestros hijos, no tiremos por la borda todo lo que hemos construido.

Nic hizo una pausa, su mente corriendo. Pensó en los años de promesas rotas, las noches pasadas esperando un cambio que nunca llegó. Su corazón dolía ante la idea de darle otra oportunidad, temiendo más decepciones. Después de un largo silencio, miró a Camila, su resolución tambaleante.

—Camila, esta será tu última oportunidad. Si no puedes recomponerte, tendrás que encontrar tu propio camino. Espero que lo hagas porque no puedo ser yo quien te salve —dijo Nic suavemente, su voz apenas por encima de un susurro.

Inmediatamente después de la acalorada discusión, la tensión en la casa se volvió casi palpable. Furiosa, Camila salió al porche, alegando que necesitaba aire fresco. La puerta se cerró de un portazo que hizo estremecer la casa, dejando tras de sí un silencio pesado, cargado con los ecos de su explosión emocional. Nic se quedó inmóvil, su corazón latiendo con una mezcla de ira, tristeza y agotamiento profundo.

Nic se tomó un momento para recomponerse y miró a los niños. La discusión había sido lo suficientemente fuerte como para que la oyeran. Encontró a Celina en la habitación de Adrián, asustada por las voces fuertes. Los niños estaban acurrucados mientras Adrián intentaba consolar a su hermana, sus rostros pálidos por la preocupación. Nic se arrodilló y, con una voz serena, intentó calmarlos, ocultando hábilmente la tormenta de confusión que llevaba por dentro.

—Todo va a estar bien —dijo suavemente, abrazándolos con fuerza. Lo prometo. Se quedó con ellos hasta que se durmieron, luego llevó suavemente a Celina a su habitación, queriendo asegurarse de que se sintieran seguros.

Más tarde, después de haberse calmado un poco tras sentarse en el porche, pensando en su discusión con Nic, Camila entró de nuevo en la casa. Agarró una botella de agua de la cocina, con la mente todavía llena de culpa y confusión. Luego, se dirigió directamente al dormitorio. Sabía que la discusión había sido un punto de quiebre, y la realidad de sus acciones le pesaba mucho. Al sentarse en el borde de la cama, con lágrimas corriendo por su rostro, sintió el impacto total de las decisiones que había tomado.

Mientras tanto, Nic, después de consolar a los niños, se retiró a la sala de estar. Se sentó en el sofá, mirando fijamente a la pared, contemplando el futuro. La discusión había dejado en claro que su matrimonio no tenía arreglo. Sabía que tenía que tomar una decisión, no solo por él mismo, sino por el bienestar de sus hijos.

A medida que avanzaba la noche, tanto Nic como Camila luchaban con sus emociones. La casa, una vez llena de risas y amor, ahora se sentía como un campo de batalla. El camino por delante era incierto, pero una cosa estaba clara: el cambio era inevitable.

La paciencia de Nic y su amor inquebrantable por su familia eran más que simples virtudes; eran la fuerza silenciosa que mantenía todo unido. Si bien Camila veía su paciencia como una debilidad, en realidad era su resiliencia la que brillaba. Esta interpretación errónea resaltaba la trágica falta de comunicación que puede deshacer incluso los vínculos más fuertes, lo que lleva a consecuencias profundas.

Cada vez que Camila comparaba a Nic con Marcos, no podía evitar sentirse desanimada. Nic parecía débil a sus ojos, carente del instinto asesino que poseía Marcos. Este contraste solo alimentó su insatisfacción. Anhelaba la emoción y el asertividad que Marcos trajo a su vida, y al hacerlo, pasó por alto la profundidad del amor y la dedicación de Nic. Esta percepción distorsionada profundizó la brecha entre ellos, lo que hizo que Camila malinterpretara la verdadera fortaleza de Nic y lo viera como un defecto en lugar del ancla que era para su familia.

Mientras las primeras luces del amanecer se filtraban por las cortinas, Nic y Camila se encontraron completamente despiertos, perdidos en sus pensamientos. La casa estaba en silencio, pero la tensión era palpable. Nic sabía que debía ser fuerte por sus hijos, brindarles la estabilidad que necesitaban. Camila, por otro lado, se debatía entre la vida que tenía y la vida que quería.

Nic hizo una promesa silenciosa de luchar por su familia, de hacer lo que fuera necesario para crear un ambiente seguro y amoroso para

Adrián y Celina. Sabía que sería un viaje largo y difícil, pero estaba preparado para enfrentarlo de frente.

Camila también sentía el peso de sus decisiones. Sabía que debía tomar una decisión, y esa decisión definiría el futuro de su familia. Al comenzar el día, decidió enfrentar sus acciones y hacerse responsable del camino que había elegido.

El camino por delante era incierto, lleno de desafíos y conversaciones difíciles, pero una cosa estaba clara: tanto Nic como Camila estaban decididos a encontrar una manera de seguir adelante, por el bien de sus hijos y su propia tranquilidad.

CAPÍTULO 9

EL MOMENTO DE LA VERDAD

Como de costumbre, Camila se comportó de la mejor manera posible durante aproximadamente un mes. Volvía a casa inmediatamente después del trabajo, interactuaba con los niños y participaba en cenas familiares y noches de juegos. Sin embargo, después del primer mes desde su última discusión y su promesa de cambiar, Nic comenzó a notar cambios en el comportamiento de Camila. Su intimidad se volvió distante y ella comenzó a regresar a sus viejos patrones. A menudo evitaba la mirada de Nic y hacía misteriosas llamadas telefónicas que no quería que él escuchara.

Las acciones de Camila se derivaban de la creencia de que la devoción de Nic por su familia nunca flaquearía, sin importar cuánto empujara los límites. Creía que apaciguar a Nic durante un mes sería suficiente para mantenerlo enganchado. Camila, una mujer hermosa, sobreestimó hasta dónde la llevaría su belleza. Ella pensaba que era un doce sobre diez y que Nic, a sus ojos, era tal vez un seis que nunca tendría las agallas para dejarla o seguir adelante con otra relación. Esta idea errónea le dio la estructura de permiso para comportarse de manera imprudente. La discusión, por intensa que fuera, no provocó un cambio serio en ella porque reforzó su creencia de que Nic siempre estaría allí, absorbiendo el impacto de sus acciones.

En su mente, la tolerancia de Nic era un signo de debilidad en lugar de resiliencia. Ella malinterpretó su paciencia y amor inquebrantables como una falta de determinación, lo que la envalentonó para seguir poniendo a prueba los límites. La realidad de sus acciones solo se hizo evidente cuando Nic finalmente la confrontó con la dura verdad y amenazó con el divorcio. Esto la sacó de su ilusión de que él soportaría cualquier cosa sin romperse. Su decisión de buscar terapia y establecer límites marcó un cambio significativo, haciendo que Camila viera un lado de Nic que no había visto antes y obligándola a reconocer el potencial de consecuencias reales.

Reconociendo estas señales, las sospechas de Nic resurgieron y crecieron. Su intuición le decía que Camila podría estar teniendo una aventura, pero no tenía pruebas. A pesar del tumulto que habían experimentado en los últimos años, su vida aún no había alcanzado el punto de quiebre que llevaría a Nic a seguir adelante y decir: «No más».

Una tarde, Camila afirmó haber recibido una llamada urgente de Roció, diciendo que necesitaba verla por un asunto personal. Usando esto como excusa para salir de la casa, le dijo apresuradamente a Nic que se iba a encontrar con Roció para una cena temprana y que tenía que irse rápidamente. Nic se mostró inmediatamente sospechoso de estos planes de última hora. Aprovechando que los niños estaban visitando a sus abuelos, Nic decidió actuar sobre sus sospechas. Fingió indiferencia y se despidió de ella. Tan pronto como salió de la entrada, rápidamente saltó a su carro y la siguió a distancia. Mientras seguía su carro, notó que tomó una ruta que llevaba a Washington D.C., aumentando su inquietud ya que Roció vivía en Fairfax. Su corazón latía con fuerza, sintiendo que se acercaba a una dolorosa verdad.

Después de veinte minutos, Camila se detuvo frente al Ritz-Carlton en Pentágona City, le entregó la llave al valet y caminó rápidamente hacia la entrada. Nic permaneció en su auto, observando desde lejos, con una creciente sensación de inquietud carcomiéndolo. Su corazón se detuvo cuando vio a Camila saludar a un hombre que no reconoció. Alto, bien vestido y exudando confianza, la familiaridad del hombre con Camila era innegable. Cuando se inclinó para besarla, Nic sintió una oleada de ira y traición. Apretó los puños y tuvo que recordarse a sí mismo que debía respirar. Ver a su esposa con otro hombre confirmó sus peores temores, llenándolo de una mezcla de rabia, dolor y una profunda sensación de pérdida.

Nic consideró enfrentarse a Camila fuera del hotel, pero, ¿qué lograría con eso? Ella lo negaría, o peor aún, lloraría y fingiría estar arrepentida. Él ya había visto esa actuación antes, con qué facilidad podía cambiar entre hacerse la víctima y tomar el control. No, no le daría la oportunidad de manipularlo de nuevo.

Aparcó cerca del hotel, permaneciendo en su carro, con el corazón palpitando fuerte, las palmas sudorosas, respirando lenta y controladamente. Su rabia hervía bajo la superficie. No tenía un plan para este escenario inesperado, así que tuvo que pensar rápido. Las manos de Nic agarraron el volante con tanta fuerza que sus nudillos se pusieron blancos.

Incapaz de aceptar esta traición, Nic decidió actuar. Una vez que Camila y el hombre desaparecieron en el vestíbulo, salió del carro y caminó cautelosamente hacia el hotel. Los observó desde la distancia, con la mente acelerada, luchando por comprender el engaño. La imagen de Camila con este hombre se grabó en su mente, y sintió una oleada de náuseas. Sus pensamientos se dirigieron a sus hijos, Adrián y Celina, y al impacto que esta revelación tendría en sus vidas.

Nic se quedó junto a la entrada principal del hotel, observando a Camila desde lejos. No entró en el vestíbulo, que estaba vacío, ya que no quería ser descubierto. Cuando vio que ella y un hombre completaban el proceso de registro y se alejaban del mostrador de recepción, se tomó un momento para formular un plan. Decidido a enfrentar la situación y revelar la verdad, entró en el vestíbulo y se acercó al mostrador de recepción del hotel donde un joven estaba solo.

Aprovechando el vestíbulo vacío, dijo:

—Hola, mi colega acaba de registrarse, y necesito darle un mensaje urgentemente. ¿Podrías indicarme su habitación, por favor?

—¿Se refiere al Sr. Marcos Medina, del bufete de abogados Martínez y Medina? —preguntó el joven.

—Sí, es correcto —respondió Nic.

—Puedo llamar a su habitación y pedirle que baje —ofreció el recepcionista.

—Oh no, por favor, no haga eso. Nuestra empresa utiliza la misma habitación para conferencias, pero no recuerdo el número de la habitación. ¿Podría confirmar en qué habitación se ha registrado? Si tiene que bajar, causará muchos problemas, y podría perder mi trabajo. Por favor, le ruego que me dé su número de habitación, y entraré y saldré rápidamente.

—Realmente no se supone que haga eso debido a las regulaciones del hotel y las políticas de privacidad —dudó el recepcionista.

Nic empujó discretamente un billete de 100 dólares hacia el joven.

—Está bien, no le diremos a nadie. Nadie tiene que saberlo.

El joven miró alrededor, luego escribió el número de habitación en un pedazo de papel, tomó el billete de 100 dólares y le entregó la nota a Nic quien le agradeció y se encaminó hacia el ascensor, dirigiéndose a la habitación 502.

Mientras caminaba, cada paso se sentía pesado, su corazón latía más fuerte con cada segundo. Cuando llegó al quinto piso, inmediatamente localizó la habitación 502. Se paró junto a la puerta, escuchando sus risas desde adentro, un sonido que se sintió como un cuchillo retorciéndose en su corazón. La traición era casi demasiado para soportar.

Incapaz de contener su ira, esperó fuera de la habitación, con el pecho apretado, apenas conteniendo la rabia que lo invadía. Su respiración se agitaba entrecortadamente mientras permanecía paralizado justo afuera de la puerta de la habitación del hotel. Su mente se arremolinaba en una caótica tormenta de incredulidad ante la traición de Camila. Cada fibra de su ser le gritaba que entrara y los separara. Pero algo más fuerte, un instinto primario, lo detuvo. No estaba seguro de si era la conmoción o la rabia lo que lo mantuvo en su lugar, pero le dio un momento para pensar.

A pesar de las emociones abrumadoras, Nic sabía que tenía que mantener la compostura. Pensó en sus hijos y en la necesidad de protegerlos de un mayor dolor. Recordó su experiencia durante los días de abstinencia del alcohol, lo más difícil que había soportado, y lo hizo por sus hijos. Nic respiró profundamente y aprovechó esa misma fuente de fortaleza que lo había llevado a la sobriedad.

Nic caminó por el pasillo durante unos minutos, cada paso cargado de tensión. Respiró profundamente, tratando de calmar su corazón acelerado. Con cada segundo, su ira hervía a fuego lento, pero sabía que tenía que mantener la calma. Su mente corría a toda velocidad, conocía demasiado bien las formas manipuladoras de Camila. Si no la enfrentaba directamente, ella tejería una historia para darle la vuelta a la situación. No podía permitirse darle la oportunidad de dramatizar su versión de los hechos, como solía hacer.

Decidido a hacer notar su presencia, asegurándose de que Camila no pudiera negar más tarde el asunto, Nic cuadró los hombros y, con el corazón apesadumbrado, llamó a la puerta, listo para enfrentar la dolorosa verdad de frente.

Unos segundos después, Nic escuchó una voz al otro lado que decía: «El servicio de habitaciones está aquí con el vino que prometí». La puerta se abrió, revelando a Marcos. Al principio, tenía una sonrisa arrogante, esperando ver al servicio de habitaciones. Pero al ver a Nic, su expresión vaciló antes de recuperar la compostura. Nic vio a Camila parcialmente vestida en el fondo.

Marcos se apoyó casualmente contra el marco de la puerta, intentando parecer tranquilo pero traicionando un destello de sorpresa en sus ojos.

—Tú debes ser Marcos Medina. Soy Nic, el esposo de Camila —dijo Nic, hablando lo suficientemente alto y posicionando su cuerpo para asegurarse de que Camila lo viera.

Nic sintió una mezcla de ira y tristeza, pero también una sensación de determinación. Este era el momento que tenía que enfrentar, por el bien de su familia y su propia paz mental. Mientras Nic estaba de pie en la puerta, viendo cómo el rostro de Camila se transformaba de sorpresa a conmoción, un torbellino de emociones surgió dentro de él. Su corazón latía con fuerza, cada latido reflejaba el dolor de la traición. Había esperado, contra todo pronóstico, que sus sospechas fueran infundadas, pero ahora la verdad lo miraba a la cara.

Los ojos de Camila se abrieron, su rostro palideció mientras daba un paso atrás. Sus manos temblaban, agarrando la tela de su vestido como si pudiera protegerla de la realidad que se desarrollaba ante ella. Había estado viviendo una doble vida, y ahora todo se estaba derrumbando a su alrededor. La culpa y el miedo que había estado reprimiendo salieron a la superficie, amenazando con abrumarla.

Marcos se retiró rápidamente a la habitación, dándoles espacio a Nic y Camila para enfrentarse. Se apoyó contra la pared, con los brazos cruzados, tratando de mantener una fachada de indiferencia, pero sus ojos delataban un destello de inquietud. Marcos estaba listo en caso de que las cosas se volvieran violentas. No quería que lo tomaran desprevenido ni dejar que Nic lastimara a Camila. Mientras solo estuvieran hablando, él permanecería al margen.

El lenguaje corporal de Nic estaba tenso, con los puños apretados a los lados mientras intentaba controlar sus emociones. Luchaba contra el impulso de desahogarse, sabiendo que la violencia solo empeoraría las cosas. Sabía que Marcos no le debía lealtad, y si se volvía físico con Camila, Marcos intervendría y la situación se descontrolaría rápidamente. Nic respiró hondo, sin apartar la vista de Camila.

—¿Qué haces aquí? —preguntó Camila con voz temblorosa.

Sabía que era una pregunta tonta, pero necesitaba tiempo para encontrar una excusa. La mirada en los ojos de Nic reflejaba un profundo dolor, que la desgarraba hasta el fondo. Quería mantener la calma, insegura de lo que haría Nic. El corazón de Camila se aceleró al sentir que las paredes se cerraban a su alrededor. Nunca había visto a Nic así antes: su actitud normalmente tranquila reemplazada por una presencia fría y amenazante. Ahora no había vuelta atrás. Con la mirada penetrante de Nic fija en ella, Camila sintió que el peso de su culpa se derrumbaba. Ya no podía negar la verdad, ni podía soportar la idea de continuar con la red de mentiras y engaños que la había atrapado.

—Yo podría preguntarte lo mismo, Camila —respondió Nic con voz fría—. ¿Cuánto tiempo lleva sucediendo esto?

Camila tragó saliva y sus ojos se dirigieron a Marcos, que permanecía en silencio, observando el intercambio con una expresión de suficiencia.

—Nic, por favor, hablemos de esto en otro lugar —suplicó, su voz apenas por encima de un susurro.

—No, estamos hablando de esto ahora —insistió Nic, acercándose—. ¿Cuánto tiempo?

Cuando ella no respondió, él gritó y repitió su pregunta con una voz firme y determinada.

—¿Cuánto tiempo ha estado sucediendo esto? —exigió, su voz firme pero llena de dolor.

La voz de Camila tembló cuando respondió:

—Unos diez meses —no podía mirarlo a los ojos, la culpa pesaba sobre ella—. Lo siento mucho, Nic. Nunca quise que esto llegara tan lejos.

La resolución de Nic se endureció.

—Diez meses —repitió, sacudiendo la cabeza—. Todas esas noches que dijiste que trabajabas hasta tarde, en el gimnasio o salías con amigos. Estabas con él.

Camila asintió, las lágrimas corrían por su rostro.

—Me sentía infeliz, Nic. Me sentía atrapada y asfixiada. Cada día sentía que estaba perdiendo una parte de mí misma.

La ira de Nic estalló.

—Yo estaba allí, haciendo todo lo que podía para mantener unida a nuestra familia mientras tú salías con él. Nuestros hijos necesitan que ambos estemos presentes y comprometidos. ¿Alguna vez te detuviste a pensar en lo que esto les hará a ellos? ¿A mí? ¿A nuestra familia? ¿Acaso te importa? —replicó Nic, levantando la voz.

Sus palabras la golpearon como un puñetazo en el estómago. Se dio cuenta de que había puesto en peligro la estabilidad y la felicidad de sus hijos. El peso de sus acciones la oprimía y se sentía completamente perdida.

La confirmación de su infidelidad flotaba en el aire como una nube de tormenta a punto de estallar. Por un momento, Nic no dijo nada, su rostro era ilegible, sus emociones estaban fuertemente controladas. Luego, sin previo aviso, pateó la puerta. Camila se sobresaltó por el golpe, soltó un grito y saltó hacia atrás, temerosa de que fuera a golpearla. Marcos, de pie al margen, cambió su postura despreocupada y dio un paso hacia adelante, listo para que Nic hiciera un movimiento hacia Camila.

Nic golpeó la puerta y escupió:

—¿Cómo pudiste? Después de todo lo que hemos pasado. Después de todo lo que he hecho por ti. Te apoyé pacientemente con tu supuesta depresión, alenté cada una de tus aspiraciones profesionales... ¿y ahora me doy cuenta de que todo este tiempo estuviste jugando conmigo?

Camila intentó decir algo mientras las lágrimas brotaban de sus ojos, pero Nic no había terminado y habló por encima de ella.

—Me traicionaste —continuó, elevando la voz con cada palabra. Traicionaste nuestro matrimonio, nuestros hijos, nuestra vida juntos.

Camila intentó disculparse, pero las palabras se le atascaron en la garganta. No había nada que pudiera decir para arreglarlo.

Camila siempre había sentido una profunda sensación de insatisfacción e inquietud en su matrimonio. La vida suburbana, las responsabilidades, la sensación de estar atrapada, todo eso pesaba mucho sobre ella. Conocer a Marcos había sido como un soplo de aire fresco, un escape de la monotonía y el vacío emocional que sentía en casa. Pero ahora, al ver el dolor y la ira de Nic, se dio cuenta de la magnitud de su traición. Ahora tenía que afrontar las consecuencias de sus decisiones y acciones.

Una parte de Nic quería arremeter, gritar y exigir respuestas. La ira era como un fuego que ardía en su interior, alimentado por la imagen de Camila con otro hombre. Se sentía profundamente traicionado. Sin embargo, en medio de la ira, había una profunda tristeza. Recuerdos de tiempos más felices pasaron por su mente: el día de su boda, el nacimiento de sus hijos, momentos de risa y amor. Lamentaba la vida que habían construido juntos, ahora destrozada por las acciones de ella.

Pero por encima de todas estas emociones estaba su preocupación por Adrián y Celina. Sabía que sus acciones tendrían repercusiones duraderas en sus vidas. No podía dejar que su ira dictara su comportamiento. Sus hijos necesitaban que él fuera fuerte y sereno, para protegerlos de las consecuencias de esta revelación.

Nic respiró profundamente, tratando de calmarse. Esta confrontación era especialmente dolorosa y humillante, en particular con Marcos parado allí luciendo intocable con una expresión de suficiencia. Pero era necesario y un punto de inflexión que debía atravesar para seguir adelante con su vida. Tenía que dejar atrás esa dolorosa situación y forjar un nuevo camino sin Camila, no solo por su propio bien, sino por el de sus hijos. Ellos merecían un entorno estable y amoroso, libre de la toxicidad que había plagado su matrimonio.

No solo estaba enojado; sentía una profunda sensación de humillación. El pensamiento de sus vecinos, sus amigos, gente que podría haber sabido lo que estaba sucediendo a sus espaldas solo alimentaba su rabia. Se habían burlado de él. Ese fue el momento en que se dio cuenta de que había mucho más en la historia. Camila lo había engañado. Los mensajes de texto sospechosos que había vislumbrado durante los últimos meses, las llamadas telefónicas secretas... los había descartado, restándole importancia a sus propias inseguridades. Pero ahora entendía que esto no era una aventura de una sola vez. Camila lo había estado engañando durante mucho más tiempo del que él se había dado cuenta. Se sentía como un idiota.

Diez largos meses, al menos eso fue lo que ella admitió. ¿Podría haber sido más? ¿Había otros? ¿Cuántas noches había estado trabajando hasta tarde mientras Camila estaba liada con otra persona? La idea le hizo hervir la sangre. La mirada de Nic se desvió hacia Camila. Se veía tan diferente de la mujer con la que se había casado años atrás, cuando las cosas eran más simples, cuando habían hecho promesas de construir una vida juntos.

Pensaba que conocía a su esposa, pero en realidad no la conocía en absoluto. La había estado juzgando en función de la mujer con la que se había casado, confiando en ella y sin creer que fuera capaz de tal engaño. Ahora, vio que la mujer con la que se había casado se había transformado en una persona engañosa, egocéntrica y desvergonzada. La comprensión golpeó a Nic como un puñetazo en el estómago.

Camila había abandonado su matrimonio mucho antes de esa noche. Su estómago se revolvió de disgusto por la audacia de todo aquello. Él había sacrificado tanto por su vida, y ella lo había tirado todo por la borda por una versión más emocionante de él. Nic apretó los dientes, obligándose a respirar. Tenía que pensar en sus hijos y necesitaba entender el panorama completo. ¿Por qué Camila no había terminado con él si estaba tan insatisfecha?

Su corazón martilleaba en su pecho. Era un hombre paciente, pero este nivel de traición estaba desafiando su paciencia y su capacidad para mantener el control. Los recuerdos de sus excusas (cansada, estresada, sin sentirlo) pasaron por su mente. Ella había encontrado consuelo en otra parte. Nic apretó la mandíbula.

Al mirar los ojos llenos de lágrimas de Camila, sintió una mezcla de lástima y determinación. Su relación no tenía arreglo, pero tenía que manejarla con dignidad y fuerza por Adrián y Celina. Nic se alejó sin decir una palabra, sin mirar atrás, dejando a Camila en la puerta. No le importaba si ella regresaba a casa o no. Ya había terminado con ella.

Mientras Nic desaparecía por el pasillo, Camila se quedó congelada, su mente llena de culpa y pánico. Lo vio irse, con una sensación de hundimiento y de finitud instalándose en ella. Sabía que había cruzado una línea de la que no había vuelta atrás.

Marcos, sintiendo su angustia, se acercó.

—Camila, ¿estás bien? —preguntó, su voz carente de la anterior presunción.

Camila se giró para mirarlo, sus ojos llenos de arrepentimiento.

—No, no estoy bien. Lo he arruinado todo —susurró, con la voz quebrada.

Marcos extendió la mano para tocarle el brazo, pero ella se apartó.

—Necesito estar sola —dijo, con un tono decidido—. Necesito pensar en lo que he hecho y hacia dónde voy a partir de aquí.

Marcos asintió, entendiendo que su presencia ya no era reconfortante.

—Estaré aquí si me necesitas —ofreció, pero Camila no respondió. Estaba perdida en sus pensamientos, lidiando con el peso de sus acciones.

Camila, todavía clavada en la puerta, observó a Marcos mientras recogía sus cosas. La realidad de su situación la golpeó con fuerza. Tenía que afrontar las consecuencias de su traición y tomar algunas decisiones difíciles sobre su futuro. La fachada que había mantenido durante tanto tiempo se estaba desmoronando y ya no había forma de esconderse de la verdad.

Mientras Nic regresaba a su carro, sintió una extraña sensación de alivio mezclada con tristeza. La confrontación había sido brutal, pero era un paso necesario para seguir adelante. Sabía que tenía que centrarse en reconstruir su vida por el bien de sus hijos. Ellos merecían algo mejor y él estaba decidido a brindarles la estabilidad y el amor que necesitaban.

El aire fresco de la noche contrastaba con su ira. Este era el final de un capítulo y el comienzo de otro. Decidido a crear una vida mejor para sus hijos, Nic sintió una resolución tranquila. Se sentó en su carro, esperando que sus manos dejaran de temblar y su corazón se calmara.

Una vez que se sintió un poco más tranquilo, Nic llamó a su madre antes de volver a casa. Le preguntó si podía quedarse con los niños un par de días. No quería que fueran testigos de la agitación emocional y la conmoción que seguramente seguirían cuando Camila regresara. No estaba listo para hablar sobre la traición, le dijo a su madre que tenía que trabajar y que Camila no estaba disponible. En realidad, necesitaba tiempo para recuperarse de este evento devastador y prepararse para la separación de Camila. Su madre, como siempre, no cuestionó y simplemente dijo:

—Claro, sabes que nos encanta tener a los niños en nuestra casa.

Mientras Nic conducía hacia su casa, pensó en los pasos que debía dar para proteger a sus hijos y comenzar de nuevo. Buscaría un abogado por la mañana y comenzaría a desenredar sus vidas. No podía cambiar el pasado, pero estaba decidido a construir un futuro mejor. El camino por delante sería largo y arduo, pero sabía que tenía que mantenerse fuerte por Adrián y Celina. Merecían estabilidad y amor, libres de las sombras de la traición. Con esta resolución, sintió un rayo de esperanza en medio de los escombros de su matrimonio.

CAPÍTULO 10
EL PESO DE LA TRAICION

Después del dramático enfrentamiento en el hotel, Nic se sentó en su sala de estar, emocionalmente agotado. El peso de la traición colgaba en el aire, sofocándolo. Se quedó mirando fijamente la pared, repasando mentalmente los acontecimientos del día, cada recuerdo era una herida fresca.

La casa estaba extrañamente silenciosa mientras Nic caminaba de un lado a otro, con la mente acelerada. Oyó que la puerta principal se abría y cerraba suavemente y se sentó en el sofá. Camila entró, pálida y con los ojos rojos de llorar. Dudó antes de entrar en la sala de estar, donde Nic la estaba esperando.

—Nic —comenzó, con la voz temblorosa. Puedo explicarlo.

Nic no gritó, pero sus palabras estaban llenas de dolor y decepción. Se puso de pie y comenzó a caminar de un lado a otro, con la ira apenas contenida.

—¿Explicar? ¿Qué hay que explicar, Camila? Te vi con él. Te seguí a ese hotel. ¿Tienes idea de cómo se sintió eso? ¿Ver a mi esposa, la madre de mis hijos, con otro hombre en una posición comprometedora?

Las lágrimas corrieron por el rostro de Camila mientras daba un paso más cerca.

—Nic, créeme cuando te digo que te amo a ti y a los niños más que a nada en este mundo.

—Camila, por favor no llames amor a tu hipocresía. No amas a nadie más que a ti misma.

—Nic, lo siento mucho. Cometí un terrible error. Por favor, déjame explicarte.

Los puños de Nic se apretaron a sus costados, sus nudillos blancos. La ira surgió a través de él, pero luchó por mantenerla bajo control. Respiró profundamente, tratando de calmar la tormenta interior. No podía permitirse perder el control, lastimar a Camila y empeorar las cosas. Ella no valía la pena.

—¿Un error? ¿Llamaste a esto un error? Destruiste nuestra familia, Camila. Destrozaste el vínculo que teníamos, rompiste cada promesa que hicimos y destruiste todo lo que construimos juntos.

Camila murmuró algo ininteligible, tratando de justificarse.

—Fue... fue un error, Nic. No quise que las cosas se salieran tanto de control. Marcos estaba ahí cuando yo estaba en mi punto más bajo, sintiéndome atrapada y sofocada —murmuró, con voz tranquila y temblorosa—. No quería arruinar nuestra vida familiar, honestamente.

Los ojos de Nic brillaron de ira.

—Otra vez afirmas que te sentiste sofocada y atrapada como si eso fuera una excusa. Camila, destruiste a nuestra familia, y tu egoísmo no tiene límites. Estabas tan envuelta en tus propias necesidades y deseos que no podías ver el daño que estabas causando. Todo en lo que pensabas era en ti misma.

Su voz se hizo más fuerte y ya no pudo contener las lágrimas.

Camila continuó admitiendo su error y que Nic no había hecho nada para merecerlo, tratando de calmar su furia. Sin embargo, su corazón estaba roto. Nic ya no veía a Camila como la persona en la que alguna vez pudo confiar.

Al darse cuenta de que ya no tenía sentido mentir, Camila admitió que sus sentimientos por Marcos eran más fuertes de lo que podía controlar. Ella habló de cómo se habían vuelto cercanos y cómo esta relación la hacía sentir algo que no había sentido en su matrimonio durante mucho tiempo.

—Nic, yo... soy culpable. Tienes razón. Cometí un terrible error —comenzó, pero Nic, incapaz de contener su ira e incredulidad, la interrumpió abruptamente.

—¿Un error? Sigues refiriéndote a esta aventura como un error. Camila, una aventura es una elección deliberada, no un simple error. No puedes simplemente pasar por alto tus malas acciones llamándolas un error y pensando que una admisión y una disculpa mejorarán las cosas. No quiero escuchar tus explicaciones sin sentido de por qué nuestro mundo ha implosionado. No me interesa escuchar tus declaraciones de responsabilidad, arrepentimiento, remordimiento y contrición. Destruiste todo lo que construimos, todo lo que teníamos. Me traicionaste a mí y a nuestros hijos. ¿Cómo puedes llamar a eso un error?

Camila sabía que las excusas no la ayudarían. Bajó la cabeza, incapaz de mirar a Nic a los ojos.

—No puedo justificarme, Nic. Te mereces algo mejor —susurró.

La intensidad de la mirada de Nic la hizo dar un paso atrás, temerosa de que pudiera arremeter contra ella.

—No puedo justificar mi comportamiento. Todo lo que puedo hacer ahora es pedir una oportunidad para demostrarte que he aprendido de mis errores.

El silencio entre ellos estaba cargado de tensión. Nic, con los puños apretados, se quedó asombrado ante la audacia de Camila. Respiró profundamente para calmarse.

—Camila, piensa en lo que me estás pidiendo. ¿Por qué debería darte esa oportunidad? ¿Qué esperas que haga? ¿Olvidar todo lo que pasó? ¿Borrar las noches que te esperé despierto mientras estabas con otro hombre? ¿Olvidar que te pillé en una habitación de hotel con otro hombre?

Las lágrimas corrieron por el rostro de Camila.

—No, no espero eso. Espero que puedas perdonarme, no por lo que hice, sino por la esposa y madre que puedo ser ahora que he aprendido de mis errores.

Nic sacudió la cabeza, su expresión era una mezcla de incredulidad y resignación.

—Camila, tienes mucho descaro al pedir otra oportunidad. He escuchado tus promesas antes. Cada vez que dijiste que cambiarías, cada vez que dijiste que las cosas mejorarían. Pero nada cambia contigo. Siempre se trata de ti y de cómo te sientes, ignorando las necesidades de esta familia. Estoy harto de escuchar excusas y promesas huecas.

Nic pensó para sí mismo: *Mi madre tenía razón. Árbol que crece torcido, jamás su tronco endereza. ¿Qué me hizo pensar que ella cambiaría su comportamiento?*

Los sollozos de Camila se convirtieron en lamentos cuando se dio cuenta de la finalidad de sus palabras.

—No, Nic, por favor. No hagas esto. Puedo cambiar. Puedo... —Camila cayó de rodillas, con las manos entrelazadas en desesperación—. Por favor, Nic. No hagas esto. No tires todo lo que hemos construido juntos en los últimos diez años. Piensa en los niños. Nos necesitan a los dos.

Los ojos de Nic brillaron de ira, su voz firme pero llena de dolor.

—En retrospectiva, ahora reconozco que siempre me has tratado como si fuera débil, como si no tuviera las agallas para vivir sin ti. Creíste que te perdonaría por cualquier cosa, que estoy atrapado en tu red. Nic dio un paso más cerca, su mirada intensa. Pero estabas equivocada. Esta experiencia me ha cambiado de manera que nunca imaginé. Destrozó mi confianza y me hizo cuestionar todo lo que creía.

Las lágrimas de Camila continuaron corriendo por su rostro mientras intentaba hablar.

—Nic, por favor créeme cuando te digo que lamento la aventura. Estaba pensando de camino a casa y me di cuenta de que esta experiencia también me ha cambiado. Ya no soy la persona que era ayer. No quiero vivir sin ti y los niños. Te ruego que me perdones y me ames.

Camila lo miró con los ojos llenos de desesperación.

—¿Qué estás diciendo, Nic? ¿Me estás dejando?

Nic inhaló profundamente, su corazón pesado por el peso de su decisión.

—Estoy diciendo que este matrimonio se acabó, no tiene arreglo. Camila, ya no puedo confiar en ti, y sin confianza, no queda nada. Voy a solicitar el divorcio y buscar la custodia total de los niños. Se merecen algo mejor que esto.

La voz de Nic se suavizó, pero su resolución se mantuvo firme.

—Los niños nos necesitan a ambos, pero también necesitan estabilidad y honestidad. Necesitan un hogar donde puedan sentirse seguros y amados, no uno lleno de mentiras y traición. No puedo seguir viviendo así y no voy a dejar que sufran por nuestros errores. No importa cuánto llores, no importa cuánto supliques, no cambiaré de opinión. Terminé contigo.

Los sollozos de Camila se convirtieron en gritos desesperados cuando se dio cuenta de la finalidad de sus palabras.

—No, Nic, por favor. No hagas esto. Puedo cambiar. Puedo ser mejor. Por favor, perdóname.

Nic exhaló lentamente, tratando de calmar su ira.

—Camila, no puedes pedir perdón, tienes que ganártelo —se dio la vuelta, incapaz de soportar la visión de su angustia—. Es demasiado tarde, Camila. Te di innumerables oportunidades, y cada una fue desperdiciada. Dejaste pasar cada ocasión para salvar nuestro matrimonio y nuestra familia. Necesito pensar en lo que es mejor para los niños y para mí. El divorcio y que cada uno de nosotros siga su camino es la única opción viable.

Completamente exhausto y agotado por la revelación de la traición de Camila, Nic se puso de pie, con la espalda recta y la barbilla en alto. No estaba feliz por lo que había sucedido, pero estaba seguro de que había tomado la decisión correcta. Había derramado muchas lágrimas, pero ahora tenía los ojos secos, y juró que esta sería la última vez que derramaría una lágrima por esta traición. Ahora que la verdad había salido a la luz, tenía que seguir adelante sin Camila. No quería saber nada más de ella y ya no podía seguir con este matrimonio.

Nic dejó de caminar de un lado a otro y se sentó frente a Camila, con una expresión que mezclaba agotamiento y resignación.

—Camila, he hecho todo lo que he podido. Hice lo mejor que pude, pero supongo que no fue suficiente para ti.

Camila lo miró con los ojos llenos de lágrimas.

—Nic, por favor no digas eso.

—Siempre terminamos donde estábamos antes —continuó Nic, ignorando su súplica—. Parece que nada cambia contigo. Te miro ahora y pareces una extraña. ¿Cuántas veces hemos estado aquí, preguntándonos si deberíamos seguir juntos o divorciarnos? La magia que teníamos durante nuestros años universitarios se desvaneció hace mucho tiempo —dijo, con la voz cargada de tristeza—. He intentado encontrar una manera de mantener unida a esta familia, de hacer las cosas bien, pero cuanto más lo intento, más te alejas.

Las lágrimas de Camila comenzaron a caer.

—Sé que he cometido errores, pero aún te amo.

Nic sacudió la cabeza.

—Lo he dado todo, pero es como si estuviéramos corriendo en círculos. Seguimos arruinándolo todo. Ya no lo intentaré más. Este matrimonio no tiene ninguna posibilidad.

Camila se acercó a él, con la voz temblorosa.

—Podemos arreglar esto, Nic. Podemos intentarlo de nuevo. No tenemos que tomar una decisión final ahora; podemos ir a terapia y darle tiempo.

—Camila, tú tomaste tu decisión en el momento en que decidiste tener una aventura. Ahora, yo estoy tomando la mía.

Los sollozos de Camila se hicieron más fuertes, pero la resolución de Nic era inquebrantable.

—Se acabó, Camila —dijo en voz baja—. Necesitamos dejarlo ir por nuestro propio bien y por el bien de nuestros hijos.

Nic se volvió hacia Camila, todavía arrodillada en el suelo, y dijo:

—He trasladado tus cosas a la habitación de invitados. No quiero verte ni interactuar contigo a menos que sea absolutamente necesario y tenga que ver con los niños. Podemos quedarnos los dos en la casa hasta que encuentres un lugar propio.

Camila se puso de pie de repente, sintiéndose abandonada.

—¿Moviste mis cosas? ¿Cuándo? ¿Y decidiste echarme de mi casa? Esta casa es tan mía como tuya.

—Mientras conducía de regreso del hotel, me di cuenta de que ya no puedo vivir de esta manera. Esto no fue abrupto; es la culminación de tus acciones en los últimos años. Tan pronto como regresé, moví tus cosas. No podía soportar la vista de nada que me recordara a ti y tu aventura. También decidí que sería mejor que te mudaras.

Los ojos de Camila se abrieron de sorpresa. Se quedó sin palabras.

—Tienes razón, esta también es tu casa, pero ya no es tu hogar. Me aseguraré de que recibas tu parte del capital para que puedas alquilar o comprar un lugar propio. En los últimos años, has actuado como una invitada, sin asumir ninguna responsabilidad. Has demostrado repetidamente que un hogar, una vida familiar, el cuidado de los niños y el mantenimiento de una casa no es lo que quieres. Ahora puedes irte y vivir la vida que quieras sin ataduras.

Nic salió de la sala, dejando a Camila lidiando con las consecuencias de sus acciones. Cayó de rodillas desesperada, sus gritos resonaron por toda la casa, un doloroso recordatorio de su pasado compartido y el futuro ahora perdido.

Una vez fuera de la vista, Nic se detuvo en el pasillo, apoyándose contra la pared mientras el peso de su decisión se asentaba. Cerró los ojos, respiró profundamente, convencido de que era lo mejor. No permitiría que el arrebato de Camila manipulara sus emociones por más tiempo.

Quería gritar, exigirle por qué había tirado a la basura todo lo que habían construido juntos. En cambio, se retiró al silencio; las palabras se le ahogaban en la garganta. Nic se preguntó si le había fallado de alguna manera, si había algo que podría haber hecho para evitarlo. Las preguntas lo perseguían, pero las respuestas seguían siendo esquivas. Todo lo que sabía era que su vida juntos había cambiado irrevocablemente y que él tenía que recoger los pedazos de un sueño destrozado.

Se dio cuenta de que su relación había cambiado irreversiblemente. Ya no podía confiar en ella ni mirarla de la misma manera. Atrás quedaron los días y las noches que pasaban juntos, sus conversaciones, risas y sueños de futuro. Todos esos momentos ahora parecían distantes e irreales, parte de una vida que nunca volvería. Todo lo que le había parecido sólido se derrumbó en una noche.

Al alejarse de la sala de estar, el aire fresco de la noche que entraba por una ventana abierta le golpeó el rostro, un marcado contraste con el calor de su ira. Una extraña calma lo invadió. Esto señaló el comienzo de un nuevo capítulo en su vida. Sabía que el camino por delante sería difícil, pero estaba decidido a construir una vida mejor para sus hijos. Con cada paso, el peso de su decisión se transformaba en una nueva determinación para seguir adelante, más fuerte y sabio.

Nic entró en la cocina, cogió una botella de agua y miró al vacío, sabiendo que su vida había cambiado para siempre. No solo había perdido a su familia; había perdido una parte de sí mismo. La experiencia lo dejó hastiado y desconfiado de todos los que lo rodeaban. Sin embargo, en ese momento, sintió un extraño alivio: todo estaba al descubierto; ya no había más secretos, ya no había más mentiras.

Sentado en la cocina, Nic se vio inmerso en la dolorosa constatación de que sus peores temores se habían confirmado. Su hogar, su vida, su historia compartida, todo lo que habían construido juntos a lo largo de los años, se había derrumbado. Ahora, cada detalle de su relación le recordaba la traición. Su esposa no solo lo había engañado físicamente, sino que lo había traicionado emocionalmente, eligiendo a otra persona para sus pensamientos, sentimientos y secretos. Los recuerdos de sus días universitarios, antes inseparables, ahora se sentían como una broma cruel.

Mientras caminaba hacia su dormitorio, los acontecimientos del día se repetían en su mente. Nic pensó en cuántas veces había sospechado que ella lo engañaba, pero había dejado de lado esos pensamientos, no queriendo creerlo. Recordó haber notado que se alejaba: ausencias frecuentes, nerviosismo, nuevos hábitos. Ahora, no solo veía a la mujer con la que había vivido, sino a una persona capaz de mentiras, traición y manipulación. No podía quitarse de la cabeza la imagen de Camila con Marcos, la forma en que lo había mirado con una chispa que se había ido hacía mucho tiempo en su matrimonio. Lo carcomía, un dolor constante que ninguna cantidad de tiempo parecía calmar.

Nic miró el lado vacío de la cama, las sábanas frías e intactas. Recordó cuando ese espacio se había llenado de calidez y risas. Disgustado por la traición de Camila, cambió las sábanas antes de meterse en la cama. Sabía que el camino que tenía por delante sería difícil, pero estaba listo para afrontarlo. Ese día se convirtió en el punto de partida de una nueva etapa en su vida: una vida sin mentiras ni traición, pero con cicatrices profundas que permanecerían para siempre. Después de exponer a Camila, su vida cambió drásticamente.

CAPÍTULO 11

ECOS DE ARREPENTIMIENTO

Camila se sentó en el borde de la cama en la habitación de invitados, con los ojos rojos e hinchados de tanto llorar. La habitación se sentía fría y desconocida, un marcado contraste con la calidez del dormitorio que alguna vez compartió con Nic. Agarro una foto de su familia, sus dedos trazaban los rostros sonrientes de sus hijos. Bajando la cabeza, Camila enfrentó la realidad de su secreto expuesto. La vergüenza y la culpa la invadieron, pero no podía ignorar la pasión que la había unido a Marcos.

Lo que comenzó como un coqueteo inocente se había convertido en algo más profundo y destructivo. Nic, consumido por su carrera, hacía que Camila se sintiera invisible y poco valorada. En cambio, Marcos la había notado, la había felicitado y había compartido sus intereses de una manera que Nic no lo había hecho en años.

Camila estaba desgarrada por sentimientos conflictivos. Se sentía culpable por destruir su matrimonio y traicionar la confianza de su esposo. Al mismo tiempo, los recuerdos de su corazón palpitando con cada encuentro con Marcos la perseguían. Disfrutaba de su atención y admiración, algo que no había sentido con Nic desde hacía mucho tiempo. Este conflicto la había destrozado.

Sintiéndose expuesta, Camila supo que todo había cambiado. La pasión secreta que una vez la excitó ahora era una fuente de dolor. Sabía que su matrimonio había estado en problemas, pero nunca imaginó que conduciría a esto. Tenía que asumir toda la responsabilidad por las consecuencias de sus acciones.

¿Cómo dejé que llegara a esto?, pensó, con el corazón pesado por el arrepentimiento. Los recuerdos de su aventura con Marcos se reproducían en su mente como un carrete inquietante, cada momento un recordatorio de su traición. Se había sentido atraída por la emoción y la sensación de ser deseada, pero ahora todo lo que sentía era vergüenza.

Nic había sido alguna vez el amor de su vida. Ahora, ambos estaban atrapados en los restos de sus decisiones. Camila se encontró mirando al techo, el silencio haciendo eco de sus arrepentimientos. Recordó la emoción del encanto de Marcos, el escape de la monotonía de su matrimonio. Pero esa emoción se había convertido en un doloroso recordatorio de lo que había perdido.

Ella lo veía en los ojos de Nic cada vez que la miraba: una pregunta no formulada, una acusación silenciosa. El peso de sus decisiones la oprimía, un recordatorio constante de la vida que había destrozado. Se preguntaba si las cosas podrían haber sido diferentes si se hubiera alejado de Marcos esa primera noche o hubiera intentado arreglar su matrimonio. Pero esos eran sueños de un pasado que nunca podría reescribirse. El daño ya estaba hecho, y todo lo que quedaba era la fría realidad de sus vidas fracturadas.

Sus pensamientos fueron interrumpidos por los pasos de Nic fuera de la puerta. Quería correr hacia él, rogarle perdón, pero sabía que no sería suficiente. Había escuchado la firmeza en su voz, visto la resolución en sus ojos. Él había terminado con ella, y no podía culparlo.

Lo he destruido todo, pensó, con lágrimas corriendo por su rostro. He lastimado a las personas que más amo. El pensamiento de sus hijos, atrapados en el fuego cruzado de sus errores, hizo que su corazón doliera aún más. Temía por su futuro, su estabilidad pendía de un hilo. En un momento de desesperación, cayó de rodillas, con las manos entrelazadas mientras suplicaba:

—Nic, no dejes que este sea el final de nuestro matrimonio —susurró en la habitación vacía—. Mantengamos la familia intacta para que los niños no tengan que crecer en un hogar roto.

En el fondo, sabía que las palabras por sí solas no cambiarían nada. Tenía que demostrarle a él y a todos que podía ser mejor. Que podía cambiar. Era un largo camino por delante y no estaba segura de poder lograrlo, pero tenía que intentarlo. Por sus hijos, por ella misma y tal vez, solo tal vez, por una oportunidad de ganarse el perdón de Nic.

Cuando Rocío le preguntó si estaba dispuesta a renunciar a su familia, se mostró indecisa, cautivada por su relación con Marcos. Pero ahora que Nic había tomado la decisión por ella, sentía una profunda sensación de pérdida e impotencia. Tal vez no fuera el resultado en sí, sino el hecho de que la elección ya no era suya. Su destino estaba sellado y ya no tenía el control.

Con la pérdida del control, Camila se dio cuenta de que tenía que enfrentar las consecuencias de sus acciones y decisiones. Su vida había cambiado irrevocablemente y ahora tenía que recorrer el camino que tenía por delante, buscando una pequeña esperanza de redención en el horizonte.

Al otro lado de la ciudad, Marcos lidiaba con las consecuencias de sus acciones. El enfrentamiento se repetía en su mente. Todavía temblaba, recordando la expresión del rostro de Nic, inseguro de lo que este haría. Afortunadamente, Nic no era un hombre violento y el enfrentamiento no terminó en desastre.

Marcos estaba sentado solo en su departamento con poca luz, el silencio lo oprimía. No podía quitarse de la cabeza la imagen de la expresión herida de Camila, el color en sus ojos era más profundo que cualquier palabra. Miró su teléfono, esperando un mensaje o una llamada de ella. Pero la pantalla permaneció oscura. *¿Qué esperaba?*, pensó, pasándose una mano por el cabello. *¿Que ella dejaría todo atrás y vendría a mí?*

Recordó la primera vez que cruzaron la línea de la amistad a algo más. Se había sentido estimulante, como una emoción prohibida. El aroma de su perfume, su risa, las miradas robadas... eran embriagadores. Pero ahora, la emoción se había desvanecido, reemplazada por la culpa y el arrepentimiento. *Nunca quise lastimar a nadie*, se dijo a sí mismo, pero la realidad era inevitable. Había jugado un papel en la destrucción de una familia.

Marcos tomó una foto de la mesa. Era de él y Camila, tomada durante una de sus escapadas secretas. Se veían felices, despreocupados. Pero ahora, esa felicidad se sentía como un recuerdo lejano, eclipsado por el dolor y el caos. *Debería haberlo sabido mejor*, pensó. *Debería haberlo detenido antes de que fuera demasiado lejos.*

Se preguntó qué estaría haciendo Camila ahora. *¿Estará a salvo? Probablemente sí, Nic no parecía ser una persona violenta.* No estaba seguro de que hubiera podido controlarse en los zapatos de Nic. *¿Estaba con Nic, tratando de reparar su matrimonio destrozado? ¿O estaba* sola, lidiando con el arrepentimiento y la pena? Marcos se puso de pie y caminó hacia la ventana, mirando las luces de la ciudad. Sintió una punzada de soledad, un marcado contraste con la calidez y la conexión que había sentido con Camila.

Tal vez sea hora de dejarlo ir, pensó. Tal vez era hora de afrontar las consecuencias y seguir adelante. No quería ser parte de un triángulo amoroso complicado; rara vez terminan bien. Marcos se apoyó contra el marco de la ventana, con los brazos cruzados sobre el pecho. Suspiró profundamente, con los hombros hundidos bajo el peso de sus pensamientos.

Tenía que admitir que no quería lidiar con los hijos de otro hombre. Le encantaba pasar tiempo con Camila, pero no se sentía preparado para convertirse en padrastro. Las responsabilidades de un padrastro se sentían abrumadoras. Disfrutaba de su libertad y no estaba dispuesto a renunciar a eso. Iba a extrañar a Camila. Era muy divertida y se había encariñado con ella durante los últimos diez meses, incluso pensando que podrían tener un futuro juntos. Se pasó una mano por el cabello, sintiendo el tirón de las emociones conflictivas. Tenía que pensarlo seriamente.

Marcos quería darle tiempo a Camila para ver hacia dónde iba su matrimonio. Sin embargo, dudaba que Nic la perdonara. Tampoco estaba seguro de si quería una vida con una mujer que había engañado a su esposo. Después de todo, ella podría hacerle lo mismo. *Una vez infiel, siempre infiel,* pensó, viendo a Camila bajo una luz diferente. Recordó las noches que habían pasado juntos, la mezcla de deseo y afecto en sus ojos. Pero esos recuerdos ahora estaban empañados por sus acciones. La culpa lo carcomía, haciendo que fuera difícil encontrar consuelo.

Después de la confrontación en el hotel, Marcos había cambiado. Lo que una vez estuvo lleno de pasión perdió su brillo mientras él se volvía distante, preocupado por sus propios problemas. Solo en su apartamento, sentía el peso de sus acciones. La emoción y la pasión se habían desvanecido, dejando solo la dura realidad de las decisiones que había tomado. No podía escapar de la imagen de la expresión herida de Camila y las consecuencias que se habían desencadenado.

Marcos se sentó en su sofá, mirando las luces de la ciudad. La emoción del romance, la emoción de lo prohibido, todo se había convertido en cenizas. Pensó en las noches que habían pasado juntos, la mezcla de deseo y afecto en sus ojos. Esos recuerdos ahora estaban manchados, ensombrecidos por la realidad de sus acciones.

¿Qué ahora?, se preguntó. ¿Estaba realmente listo para asumir las complicaciones que venían con la vida de Camila? Disfrutaba de su libertad y no estaba listo para convertirse en padrastro. Las responsabilidades se sentían abrumadoras.

Recordó las noches que habían pasado juntos, la mezcla de deseo y afecto en sus ojos. Pero esos recuerdos ahora estaban manchados por sus acciones. Se dio cuenta de que había estado viendo a Camila a través de lentes color de rosa. El romance lo había cegado a las complejidades y consecuencias. *Una vez infiel, siempre infiel,* pensó, viendo a Camila de una manera diferente. Era hora de seguir adelante, concluyó, con un sentido más claro de resolución.

Habiendo decidido terminar el romance, Marcos contactó a Camila y arregló una reunión. Durante la cena en un lugar que solían frecuentar, se acercó a ella con un tono serio.

—Necesitamos hablar —dijo.

El corazón de Camila se hundió, sabiendo lo que venía.

—Creo que deberíamos terminar esto —dijo Marcos sin rodeos—. Ya no está funcionando.

Camila sintió una punzada de tristeza pero no se sorprendió. El romance había causado más dolor que placer, y en el fondo, sabía que era hora de dejarlo ir.

—Lo entiendo —respondió, su voz apenas un susurro. Con eso, su relación terminó tan abruptamente como había comenzado.

Marcos encontró un camino diferente. Mientras lidiaba con las consecuencias del romance, comenzó a enfocarse en reconstruir su propia vida. La conexión que una vez trajo emoción y pasión se había convertido en una carga, recordándole un período que preferiría olvidar. Decidido a seguir adelante, Marcos abrazó la libertad y la simplicidad de una vida no cargada por las complicaciones de su relación pasada con Camila.

Sin embargo, las repercusiones del romance se extendieron a su vida profesional. Marcos tuvo que enfrentar a los otros socios de su firma, que estaban descontentos con el escándalo y su posible impacto en su reputación. La administración de la firma de Camila también se había comunicado, expresando su decepción y la tensión que este romance había puesto en su relación comercial. Las relaciones profesionales que una vez había disfrutado ahora estaban llenas de tensión y desconfianza.

Camila, por otro lado, se encontró aislada, su conexión vibrante con Marcos ahora una fuente de profunda tristeza. Regresó a casa, con el corazón dolorido por un sentido de abandono. En el silencio de su habitación, dejó que sus emociones la inundaran. Las lágrimas vinieron en oleadas, cada una un recordatorio del consuelo que pensó haber encontrado en Marcos, ahora desaparecido. Había creído que Marcos sería su escape, su consuelo. Pero ahora, incluso esa ilusión se había hecho añicos. El peso de sus acciones la oprimía, y la realidad de su situación se volvía insoportable. Su consuelo se suponía que estaba en Marcos, pero ahora estaba verdaderamente sola, lidiando con las consecuencias de su traición.

Mientras enfrentaba su noche oscura del alma, se dio cuenta del verdadero costo de sus acciones. Su vida había cambiado para siempre, marcada por las cicatrices de la traición y el doloroso viaje hacia la redención

Camila había destruido todo lo que una vez apreciaba. Las noches eran las más difíciles, sola con sus pensamientos y el peso de sus decisiones. Acostada en la cama, se dio cuenta de su realidad: *estaba buscando algo que nunca perdí. Todo lo que importaba en la vida ya era mío, y lo eché a perder.* Miraba al techo, con el silencio amplificando su arrepentimiento. Camila se quedó sin nada: sin matrimonio, sin amante, sin felicidad.

Se retiró del mundo, avergonzada de en lo que se había convertido su vida. La aventura con Marcos se había hecho de conocimiento común, convirtiendo su lugar de trabajo en un ambiente hostil. Colegas que antes la admiraban ahora la miraban con desdén, su juicio hacía su trabajo insoportable. Había avergonzado a la firma con su comportamiento escandaloso. Su jefe la había quitado de la gestión de la cuenta de Martínez y Medina cuando la aventura llegó a oídos de la administración. Ya no confiaban en ella para representar a la empresa con integridad.

Sus vecinos la miraban como si llevara una letra escarlata. Cada rincón de su vida estaba teñido de dolor y vergüenza. Los susurros, las miradas frías y los recuerdos inquietantes de su tiempo con Marcos eran inescapables. Cada día era un recordatorio de la vida que había destrozado.

Para colmo, Camila quedó completamente excluida de las reuniones sociales y los eventos comunitarios. Las invitaciones que antes abarrotaban su buzón habían desaparecido por completo. Amigos en quienes creía poder confiar ahora la evitaban, y su silencio decía más que mil palabras. Se sentía como una paria en su propio vecindario, con el estigma de sus acciones adherido a ella como una sombra que no podía desprenderse.

En su hogar, la realidad de sus decisiones pesaba mucho sobre ella. Sus hijos, sintiendo la tensión, se distanciaron, sus ojos inocentes llenos de confusión y dolor. Las cenas familiares que antes zumbaban con risas ahora eran asuntos silenciosos, el aire pesado con palabras no dichas. Anhelaba reconstruir la confianza que había roto, pero el camino hacia la redención parecía increíblemente largo y empinado.

Camila sabía que tenía que enfrentar las consecuencias de sus acciones y trabajar para reconstruir su vida desde cero. Cada día era una lucha, pero juró encontrar la manera de enmendarse, incluso si le tomaba toda la vida.

Las acciones de Nic en el hotel marcaron un punto de inflexión en su vida. Si hubiera actuado por su rabia, las consecuencias podrían haber sido catastróficas: una confrontación explosiva que podría haber terminado en violencia o repercusiones legales, afectando a los niños. En lugar de eso, Nic eligió la compostura, su respuesta controlada pero firme a la traición de Camila demostró verdadera fortaleza. En los días que siguieron, Nic lidió con la realidad de su nueva vida. La casa se sentía más vacía, el silencio más pronunciado. No podía escapar de la imagen de Camila con Marcos, pero sabía que había tomado la decisión correcta para él y sus hijos. La traición había destrozado su confianza, pero también reveló su resiliencia.

Cada paso adelante se sentía pesado, pero Nic estaba decidido a reconstruir. Se enfocó en sus hijos, brindándoles estabilidad y amor. Las noches eran las más difíciles los recuerdos de su matrimonio rondaban en su mente. Sin embargo, en medio del dolor, encontró una extraña sensación de claridad y propósito. Sabía que tenía que ser fuerte, no solo por sí mismo, sino por Adrián y Celina.

La experiencia lo había cambiado de formas que nunca imaginó, destrozando su confianza y haciéndolo cuestionar todo lo que creía. Sin embargo, también le hizo darse cuenta de la importancia de la integridad y la dignidad. La capacidad de Nic para mantener la compostura y tomar decisiones difíciles se convirtió en un faro de fortaleza para sus hijos, mostrándoles que, incluso frente a la traición, uno puede elegir un camino de honor y resiliencia.

El viaje de Nic estaba lejos de terminar, pero lo enfrentaba con una nueva resolución. No solo estaba reaccionando a la adversidad; estaba activamente moldeando su futuro, decidido a crear una vida libre de mentiras y llena de honestidad y amor.

A medida que los ecos de la confrontación se desvanecían lentamente, cada personaje enfrentaba la dura realidad de sus elecciones, alterados para siempre por los eventos que ocurrieron. Para Nic, la experiencia subrayó la importancia de la integridad y la resiliencia. Su capacidad para enfrentar la traición con compostura y dignidad demostró que, incluso frente a un dolor profundo, uno puede elegir el honor y la fortaleza. Su viaje para reconstruir su vida con honestidad y amor se convirtió en un testimonio del poder de la perseverancia.

Marcos lamentaba las repercusiones que recibió de sus socios como resultado del romance. La emoción lo había cegado a las complejidades y responsabilidades que venían con ello, tanto personal como profesionalmente. Subestimó los desafíos de estar involucrado con una mujer casada con hijos. Profesionalmente, enfrentó el descontento de los socios de su firma, quienes estaban preocupados por el impacto del escándalo en su reputación y la tensión en su relación comercial. Estas consecuencias profesionales pesaron mucho sobre él, resaltando la necesidad de aceptar las repercusiones de sus acciones y encontrar el valor para cambiar.

El viaje de Camila estuvo marcado por el aislamiento y el arrepentimiento. El peso de sus decisiones la dejó lidiando con las consecuencias, tanto personal como profesionalmente. Su realización de que había echado a perder todo lo que realmente importaba sirvió como un recordatorio conmovedor del impacto de la traición. El camino hacia la redención era empinado, pero comenzó con el reconocimiento de sus errores y el deseo de enmendarse.

CAPÍTULO 12
TRANSICION A LA COPARENTALIDAD

Después de descubrir la traición de Camila, Nic aceptó que su relación estaba irremediablemente rota. Decidido a proteger a sus hijos de más problemas y brindarles estabilidad, comenzó a planificar una vida sin ella. Con el corazón apesadumbrado, Nic delineó meticulosamente su nuevo futuro, comenzando por separar sus cuentas financieras, vivienda y teléfonos celulares, todo lo que alguna vez tuvieron en común.

Revisó sus finanzas para asegurarse de que podía mantener a Adrián y Celina solo con su salario. Consultando a un asesor financiero, creó un plan integral, que incluía presupuestos, inversiones y asegurar su educación futura. Estableciendo límites financieros claros, creó cuentas y activos separados.

Para garantizar una transición gradual, Nic aceptó quedarse con la casa familiar y dejar que Camila se quedara hasta que estuviera lo suficientemente estable financieramente como para encontrar su propio lugar. Este acuerdo proporcionó continuidad a los niños, permitiéndoles quedarse en su casa, asistir a la misma escuela y mantener sus amistades. Sin embargo, vivir bajo el mismo techo presentó desafíos emocionales, especialmente porque la traición de Camila hacía que a Nic le resultara difícil incluso mirarla.

Los pensamientos de Nic se volvieron más claros e independientes. Dejó de pedirle la opinión a Camila sobre cualquier cosa. A pesar de su determinación, hubo momentos en los que Nic se cuestionó a sí mismo.

A altas horas de la noche, los recuerdos de tiempos más felices con Camila inundaban su mente. La idea de que sus hijos crecieran en un hogar roto lo carcomía. Se preguntaba si estaba tomando la decisión correcta. Estas dudas añadían otra capa de complejidad emocional.

Compartir la casa significaba recordatorios constantes de su relación rota. Cada interacción estaba llena de tensión, con Nic luchando con la ira y el dolor mientras Camila enfrentaba la culpa y el arrepentimiento. Nic a menudo se retiraba a su oficina o daba largos paseos para evitar la confrontación, mientras Camila pasaba la mayor parte del tiempo en la habitación de invitados, tratando de mantenerse fuera de su camino.

La custodia fue uno de los aspectos más difíciles. Nic estaba decidido a que Adrián y Celina se quedaran con él. Sabía que Camila había estado ausente de sus vidas y no comprendía sus necesidades y rutinas. Rechazó la idea de la custodia compartida, creyendo que lo mejor para los niños era permanecer en un entorno estable. Nic buscó asesoramiento legal para enfrentar las complejidades del divorcio y la custodia. Quería proteger sus derechos y el bienestar de sus hijos. El abogado le aconsejó sobre los pasos para solicitar el divorcio y obtener la custodia total. Nic reunió pruebas de la infidelidad y la negligencia de Camila como madre.

Aunque se centró en los aspectos prácticos, Nic no pudo ignorar el costo emocional. La traición dejó cicatrices profundas y luchó con sentimientos de ira, tristeza y pérdida. Buscó el apoyo de amigos y familiares, que lo escucharon y lo alentaron. Nic comenzó a reconstruir su vida con un renovado sentido de propósito, centrándose en crear un entorno estable para Adrián y Celina.

Mantener la normalidad para los niños fue un desafío. Adrián y Celina percibían la tensión y estaban confundidos, aún ajenos a las razones por las que su madre se quedaba en la habitación de invitados. Hacían preguntas inocentes que ninguno de los padres podía responder sin revelar la dolorosa verdad. Esto añadía otra capa de complejidad, ya que Nic y Camila tenían que lidiar con sus propias emociones mientras se aseguraban de que Adrián y Celina se sintieran seguros y amados.

Las cenas eran difíciles. Las comidas familiares, que antes eran animadas, ahora eran tranquilas y tensas, con sonrisas y conversaciones forzadas. A Nic le resultaba difícil mirar a Camila sin recordar su traición, y Camila sentía el peso de su culpa con cada mirada que Nic le lanzaba. La atmósfera estaba cargada de palabras no dichas y emociones no resueltas.

Cuando Nic jugaba a juegos de mesa con los niños, ellos preguntaban si debían ir a buscar a mami a la habitación de invitados para que pudiera unirse a ellos. Nic aceptaba de mala gana, diciéndoles que fueran a preguntarle, pero no la quería en la mesa. No quería verla ni interactuar con ella.

La noche era la más difícil. Nic se quedaba despierto, y el silencio de la casa amplificaba sus pensamientos. Podía oír a Camila moverse en la habitación de invitados, un doloroso recordatorio de su relación fracturada. La casa, que antes estaba llena de calidez y risas, ahora se sentía fría y vacía. Cada día era una lucha para mantener la normalidad para los niños, mientras Nic y Camila navegaban en silencio por su mundo destrozado.

Sin embargo, Nic empezó a ver destellos de esperanza y nuevas posibilidades. Comenzó a imaginar un futuro en el que él y sus hijos pudieran prosperar sin una agitación constante. Dio pequeños pasos para reconstruir su vida, encontrando consuelo en las rutinas y los momentos de alegría con Adrián y Celina. Una noche, mientras jugaba a un juego de mesa con los niños, sus risas elevaron el ambiente, disipando momentáneamente la pesada nube que se había asentado sobre su hogar. Estos momentos le dieron a Nic la fuerza para seguir adelante.

Su viaje hacia la crianza compartida y la reconstrucción de sus vidas apenas estaba comenzando. El camino por delante era incierto y estaba lleno de obstáculos emocionales, pero dentro de las luchas se encontraba el potencial para el crecimiento, el perdón y, tal vez, un día, la comprensión.

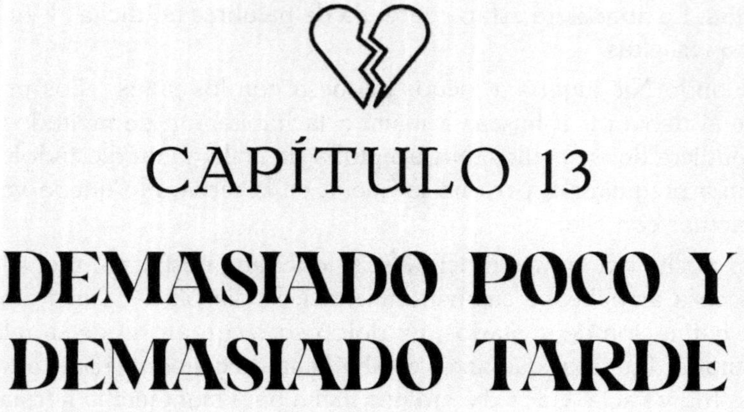

CAPÍTULO 13

DEMASIADO POCO Y DEMASIADO TARDE

A pesar de todos los cambios, Camila se sentía incómoda, pero tenía la esperanza de que Nic nunca llevara a cabo el divorcio. Creía que Nic estaba mintiendo, ya que no tenía la determinación para seguir adelante con ese tema. El perdón que había recibido en el pasado por sus transgresiones la llevó a pensar que esta vez no sería diferente. Su delirante sobreestimación de su autoestima la cegó ante la profundidad de la traición y el peso de la determinación de Nic.

El exceso de confianza de Camila la llevó a prepararse para la vida por su cuenta de una manera superficial, sin comprometerse del todo con ningún plan final. Se apresuró a cumplir con los trámites sin mucho entusiasmo, siempre esperando que Nic le dijera que le daría otra oportunidad. Tomó medidas mínimas para asegurar su futuro, convencida de que su separación era temporal. Esta negación solo aumentó la tensión en su hogar, ya que Nic siguió adelante con sus planes.

Enfrentada a la realidad de perder a Nic, Camila se sintió impactada por la profundidad de sus sentimientos por él. Los cambios que vio en él le hicieron darse cuenta de que todavía lo amaba y que su historia compartida no era algo que pudiera descartar fácilmente. Lamentó haber subestimado su determinación y ahora estaba desesperada por luchar por su matrimonio y su familia.

Nic siguió adelante con más confianza, firmeza e independencia, y ya no le consultaba sobre asuntos relacionados con los niños o la casa. Camila se sintió atraída por su nueva determinación y ya no lo veía como un débil. Cuando Nic la trataba como a una igual y le consultaba sobre asuntos importantes, ella se había sentido irritada y lo veía como un débil. Había malinterpretado su actitud amable y respetuosa como una debilidad. Ahora, al verlo tomar el control y seguir adelante sin ella, se dio cuenta de lo mucho que lo había malinterpretado y lo había dado por sentado.

Notó la forma en que sus ojos brillaban cuando regresaba de ver a sus amigos y la leve sonrisa que tenía, como si guardara un secreto por primera vez en años. Se dio cuenta de que lo había dado por sentado a él y a su familia. Con cada día que pasaba, se hacía más claro que no quería perderlo.

Camila intentó reconectarse con Nic pasando más tiempo con él y los niños, preguntándole cómo había estado el día y ofreciéndose a ayudar con cosas que había ignorado durante mucho tiempo. Comenzó a notar los pequeños detalles de él: la forma en que se reía, la forma en que se comportaba con una confianza renovada. Recordó al hombre del que se había enamorado años atrás y, por primera vez en mucho tiempo, quiso luchar por su relación.

Pero cada intento de salvar la brecha parecía alejarlo aún más, dejándola, cuestionando su propio valor y sus decisiones. Estaba dividida entre el recuerdo de su apasionado romance con Marcos y el innegable amor que todavía sentía por Nic. Sus motivaciones eran complejas, arraigadas en un deseo de validación, emoción y escape de lo mundano. Sin embargo, ahora, esos mismos deseos la habían llevado a un lugar de profundo arrepentimiento.

Una noche, se encontró estudiándolo desde lejos. Nic estaba absorto en un libro, la lámpara de la sala de estar iluminaba su rostro. Sin decir una palabra, Camila se movió al borde del sofá, su presencia rompió la atmósfera tranquila. La atención de Nic pasó del libro a la mujer que ahora estaba sentada a su lado, su cuerpo tenso por su proximidad.

Camila extendió la mano, acarició su rostro, sus dedos se demoraron en su piel. El gesto era desconocido, vacilante, como si estuviera tratando de recordar cómo tocarlo, cómo conectarse con él. Su mano se posó suavemente sobre su mejilla, un toque casi reverente, como si estuviera probando los límites de lo que quedaba entre ellos. Nic se estremeció ante su toque, su mandíbula se tensó. Se sintió repelido por su presencia, pero no quería causar una escena, temiendo que pudiera reaccionar exageradamente y despertar a los niños. Esperaba que su lenguaje corporal transmitiera su incomodidad y que ella captara la indirecta y se fuera. La tensión en su cuerpo era palpable, su agarre en el libro se hizo más fuerte mientras luchaba por mantener la compostura.

Camila, sin embargo, malinterpretó su estremecimiento como vacilación en lugar de rechazo. Se convenció a sí misma de que la reacción de Nic era una señal de sentimientos persistentes, una grieta en su resolución. Dudando antes de inclinarse, sus labios adornaron los de él con un beso tentativo. Fue suave, cuidadoso, un intento de salvar la creciente distancia entre ellos, pero la conexión que buscaba no estaba allí. La respuesta de Nic fue pasiva, carente de emoción, y sintió que el espacio vacío entre ellos se expandía. El momento se alargó hasta convertirse en una pausa incómoda, ambos congelados en la comprensión de que cualquier intimidad que alguna vez compartieran ya no estaba allí. El desapego inquieto era innegable. Su falta de respuesta era un reconocimiento silencioso de que el vínculo que alguna vez tuvieron se rompió sin posibilidad de reparación.

Nic, incapaz de ocultar ya su repulsión y disgusto por su presencia y sus intentos de seducirlo, finalmente habló, con voz baja y tensa.

—Camila, por favor no lo hagas. Es demasiado tarde para esto. Tu aventura terminó con cualquier potencial de reconciliación para nosotros. Es demasiado poco y demasiado tarde.

Camila se apartó, sintiendo que su fracaso se asentaba pesadamente en su pecho. Se puso de pie, con movimientos rígidos por la derrota, y se retiró a su habitación. Nic permaneció en el sofá, mirando fijamente el libro. La atmósfera entre ellos era más fría y distante, convenciéndola de que lo había perdido.

Mientras yacía en la cama, el peso de sus decisiones la oprimía. Había destruido todo lo que alguna vez había apreciado. La comprensión de que era demasiado poco y demasiado tarde la dejó vacía. La redención no sería fácil, pero estaba decidida a intentarlo, por sus hijos y, tal vez, algún día, por el perdón de Nic.

Nic la había amado a pesar de sus defectos, pero ahora estaba eligiendo seguir adelante con su vida sin ella, dejándola con nada más que arrepentimiento. Sus palabras resonaron en su mente: *El perdón se gana, no se exige.* Por primera vez, ella realmente lo entendió. El perdón podría no llegar nunca, pero si había la más mínima posibilidad, tenía que intentarlo.

La traición lastima más profundamente que cualquier herida, especialmente cuando viene de alguien en quien confías. La confrontación de Nic con Camila en el hotel tenía como objetivo recuperar su dignidad y destruir su ilusión de que su engaño podía permanecer oculto.

La confianza es frágil, y ella había destrozado la confianza de Nic. Una vez rota, es casi imposible restaurarla. Ninguna cantidad de disculpas o excusas puede borrar el dolor causado por la traición.

Camila sabía que el juicio de los demás la seguiría, proyectando largas sombras. Pero no podía controlar eso. Lo único que podía controlar era lo que haría a continuación. Por primera vez, reconoció la gravedad de sus acciones, no solo para Nic, sino para ella misma y sus hijos. Había destruido a su familia, impulsada por deseos egoístas y mentiras, y ahora tenía que recoger los pedazos sola. Quedaba por ver si podía reconstruir, si la redención era posible.

Mientras miraba al techo, Camila se dio cuenta de que la redención no vendría de grandes gestos o disculpas. Vendría, si es que llegaba, de recuperar la confianza de sus hijos, día a día. El camino por delante era largo, incierto y solitario. Pero era todo lo que le quedaba. Camila estaba decidida a afrontarlo día a día, con la esperanza de algún día encontrar la paz, no en el perdón de los demás, sino en la reconstrucción de su vínculo con Adrián y Celina.

Nic, por su parte, sintió que una extraña sensación de alivio lo invadía. El intento de Camila de reconectarse solo consolidó su determinación de seguir adelante. Se concentró en construir un ambiente estable y amoroso para Adrián y Celina, decidido a darles la vida que merecían. Cada día traía nuevos desafíos, pero también pequeñas victorias que fortalecían su propósito.

CAPÍTULO 14
REVELANDO LA VERDAD A LOS NINOS

Un año después del dramático enfrentamiento, llegó el momento de que Camila se mudara. Había encontrado un pequeño apartamento de una habitación a solo cinco millas de distancia, un marcado contraste con la vida que habían construido juntos. La tarea más difícil estaba por delante: darles la noticia a Adrián y Celina. Nic había protegido a los niños de la agitación que había plagado la relación de sus padres, pero ahora, él y Camila tenían que decirles la verdad.

Nic y Camila se sentaron con Adrián y Celina en la mesa de la cocina. Los niños sintieron que algo serio estaba a punto de ser discutido. Nic inhaló profundamente, luego habló en voz baja:

—Adrián, Celina, su mami se va a mudar.

Las palabras quedaron suspendidas en el aire. Por un momento, hubo silencio. Luego, la realidad golpeó. Los ojos de Celina se llenaron de lágrimas, y se aferró a Nic, su pequeño cuerpo temblando por los sollozos. El rostro de Adrián se arrugó mientras trataba de contener las lágrimas, pero pronto se derramaron. Adrián estaba enojado y confundido, mientras que Celina estaba llorosa y asustada. Nic los abrazó fuerte y les prometió que juntos superarían esto.

—¿Por qué?, gritó Celina, de seis años, mirando a sus padres. ¿Por qué se va mami? ¿Mami ya no nos quiere?

La voz de Camila tembló.

—Oh, no, cariño. Nunca pienses que no te quiero. A veces, los adultos tienen problemas que no pueden solucionar, sin importar cuánto lo intenten. Pero los dos te queremos mucho y eso nunca cambiará.

Adrián, de nueve años, se secó las lágrimas con enojo.

—¡Esto no es justo! ¿Por qué no puedes solucionarlo tú?

Nic abrazó a ambos niños con fuerza, con el corazón roto por su dolor.

—Sé que esto es difícil de entender, pero creemos que es la mejor decisión para todos. Queremos que sean felices y se sientan seguros.

La noche estuvo llena de lágrimas y preguntas. Nic y Camila hicieron todo lo posible por consolar a sus hijos. La casa, que antes era un refugio de calidez y risas, ahora se sentía fría y extraña. Los restos de tiempos más felices estaban por todas partes: fotos familiares, dibujos de los niños y recuerdos compartidos. La mente de Nic se arremolinaba con emociones mientras veía a sus hijos dormir, con sus rostros bañados en lágrimas e inocentes. El peso de la conversación flotaba pesadamente en el aire.

Los pensamientos de Nic eran una tormenta de tristeza, ira y pérdida. Había amado a Camila a pesar de sus defectos, pero ahora la estaba dejando ir, una decisión que lo desgarraba. Sabía que era la elección correcta, pero el dolor era innegable. A medida que avanzaba la noche, acarició suavemente el cabello de Adrián, deseando que las cosas pudieran haber sido diferentes. Finalmente, el agotamiento de la conversación emocional pasó factura y los niños se durmieron, todavía aferrados a su padre. Nic miró por la ventana, la noche se extendía interminablemente ante él, sabiendo que la parte más difícil de su viaje recién había comenzado.

En la noche del 30 de mayo de 2013, Camila tomó sus maletas, cada paso sintiéndose como un peso que la hundía más en el suelo. Su corazón dolía con una mezcla compleja de alivio, arrepentimiento y tristeza. Ella había creído que podría tener ambas cosas: la emoción de Marcos y la estabilidad de su familia.

La realidad de sus elecciones ahora era dura e implacable. El juicio que temía de los demás parecía insignificante comparado con el juicio que ella misma se imponía. Se dio cuenta de que, en su búsqueda de satisfacción, había perdido todo. Cuando dieron la noticia a los niños, los ojos de Nic se encontraron con los suyos, llenos de una tristeza que reflejaba la suya. Sus hijos, demasiado jóvenes para entender completamente, se aferraron a su padre, con sus rostros inocentes marcados por la confusión mientras asimilaban la noticia.

Camila respiró profundamente, el aire pesado con el peso de la finalización. Salió a la noche, cerrando suavemente la puerta detrás de ella. El camino antes familiar ahora parecía extraño e intimidante. Tenía que enfrentar las consecuencias de sus acciones sola, con solo sus recuerdos para acompañarla.

Mientras se alejaba de la vida que había conocido, cada paso resonaba con la dolorosa verdad: al tratar de tenerlo todo, había terminado sin nada. La noche estaba silenciosa, salvo por el murmullo distante de la ciudad, un marcado contraste con el caos dentro de ella. Sabía que el camino por delante sería largo y difícil, pero era un camino que había elegido, para bien o para mal.

Su mente era un torbellino de emociones encontradas. ¿Encontraría alguna vez la redención? ¿Podría reconstruir su vida? Mientras salía a la fría noche, la incertidumbre de su futuro se cernía sobre ella. Cada paso le recordaba la vida que había destrozado, la familia que había perdido.

A la mañana siguiente, el ambiente estaba cargado de las emociones de la noche anterior. Adrián y Celina estaban sentados a la mesa de la cocina, picoteando su desayuno. Nic los observaba, con el corazón dolido por su dolor. Adrián rompió el silencio:

—Oye, papi, al principio estaba muy molesto porque mami se iba a mudar. Pero luego lo pensé. De todos modos, ella nunca está en casa, así que no hará mucha diferencia.

Nic sintió una punzada de tristeza ante las palabras de su hijo.

—Entiendo cómo te sientes, Adrián. Está bien estar molesto y dolido. Pero te prometo que las cosas mejorarán. Nos aseguraremos de que así sea.

Celina levantó la mirada, con los ojos rojos de llorar.

—¿Seguiremos viendo a mami?

—Sí, Celina. Seguirás viendo a tu madre. Ella siempre será tu madre y siempre te amará. Trabajaremos para encontrar tiempo para estar con ella.

Adrián asintió, pensativo.

—Solo quiero que las cosas vuelvan a ser normales.

Nic sonrió suavemente.

—Encontraremos una nueva normalidad, Adrián. Puede que nos lleve tiempo, pero lo lograremos. Y lo haremos juntos.

Las palabras de su padre consolaron un poco a los niños. Saber que se quedarían en su casa con su padre les dio una sensación de estabilidad. El camino que les esperaba sería difícil, pero Nic estaba decidido a crear un entorno de amor y apoyo. Sabía que con tiempo, paciencia y amor, todos sanarían.

Nic aceptó plenamente su papel de padre soltero y se aseguró de que sus hijos prosperaran en un hogar lleno de risas y calidez. Sin embargo, a pesar de su determinación, hubo momentos en los que Nic se cuestionó a sí mismo. A altas horas de la noche, cuando la casa estaba en silencio, se quedaba despierto, con los recuerdos de tiempos más felices con Camila inundando su mente. Se preguntaba si había tomado las decisiones correctas; las dudas lo carcomían en la oscuridad.

En su primer día en el nuevo apartamento, Camila quedó impactada por el vacío que la rodeaba. Las paredes, desprovistas de fotos familiares, parecían hacer eco de su soledad. Extrañaba intensamente a sus hijos: sus risas, las historias antes de dormir, las simples alegrías de la maternidad. La comprensión de lo que había perdido la golpeó con fuerza. No había querido el divorcio que Nic había iniciado; pensaba que él la perdonaría como lo había hecho antes. Pero ahora, sentada sola, la realidad de su situación era aplastante. Había subestimado su determinación y sobreestimado su propia capacidad para controlar el resultado.

Camila trató de llenar el silencio con actividades. Desempacó cajas, arregló muebles e intentó crear una sensación de hogar. Sin embargo, cada rincón del apartamento le recordaba la vida que había dejado atrás. Se encontraba anhelando el caos de la vida familiar, el ruido constante y la calidez que una vez llenaba su hogar.

En medio del desempacado, colocó los papeles de divorcio sin firmar en la mesa de la cocina, mirándolos con una mezcla de temor y esperanza. Nic ya los había firmado, pero ella no podía agregar su firma. Firmarlos significaría reconocer la finalización de su matrimonio, una realidad que no estaba lista para aceptar. En el fondo, todavía albergaba una leve esperanza de que Nic cambiara de opinión, aunque sabía que esto era poco realista.

A medida que se instalaba en la soledad, los recuerdos la inundaban: la risa contagiosa de Adrián, las preguntas curiosas de Celina, la presencia calmante de Nic. Cada recuerdo era un doloroso recordatorio de lo que había desechado. Lamentaba no haber valorado lo que tenía hasta que lo había perdido.

En los momentos de quietud, Camila reflexionaba sobre sus acciones y su impacto. Se dio cuenta de que había dado por sentado el perdón de Nic, asumiendo que él siempre estaría allí. Ahora, la profundidad de su determinación y la finalización de su decisión la dejaban a la deriva. El peso de sus decisiones la presionaba, dificultando su respiración.

Mientras navegaban sus nuevas vidas por separado, tanto Nic como Camila se vieron obligados a enfrentar sus propias decisiones, las consecuencias que siguieron y el camino incierto por delante. El viaje hacia la sanación y el autodescubrimiento apenas comenzaba, y el futuro era un lienzo en blanco esperando ser pintado con sus decisiones.

CAPÍTULO 15
ABUELOS: PILARES DE FUERZA

Victoria y Daniel, conocidos cariñosamente como Mamá y Papá, eran la piedra angular de la familia de Nic. No solo eran los cimientos, sino también la fuerza y el apoyo inquebrantables en los que todos se apoyaban. Proveían estabilidad física y resiliencia emocional, especialmente durante los momentos más difíciles.

Victoria, con su cabello plateado cuidadosamente atado hacia atrás y sus ojos cálidos y brillantes, tenía una manera especial de hacer que cada nieto se sintiera único. Desde que nacieron, sus hijos y nietos habían disfrutado de sus canciones; cada uno tenía una canción especial. Los despertaba con una canción de buenos días y los acostaba con una de buenas noches. Era una narradora experta, tejiendo historias de sus propias aventuras de la infancia e impartiendo sabiduría. Sus abrazos eran como una manta cálida en un día frío, ofreciendo consuelo y seguridad.

Daniel, con su actitud amable y sonrisa contagiosa, complementaba perfectamente la energía vibrante de Victoria. Tenía un don para arreglar las cosas, ya fuera un juguete roto o una rodilla raspada. Su paciencia era infinita y disfrutaba mucho enseñándoles a sus nietos a pescar, construir casitas para pájaros o simplemente apreciar la naturaleza.

En el parque, Daniel observaba a los niños jugar sin apartar la vista de ellos. Era un papá helicóptero, siempre sobrevolando, siempre protector, asegurándose de que no hubiera accidentes bajo su vigilancia.

Cuando alguno de los niños se caía y se raspaba la rodilla, estaba allí al instante, consolándolos y tranquilizándolos.

—¡Papá, mira! ¡Puedo trepar esto! —gritó Adrián.

—Ten cuidado, amigo. Estoy aquí si me necesitas —respondió Daniel, con el corazón henchido de orgullo. Celina corrió hacia ellos, sosteniendo una flor.

—¡Papá, esto es para ti!

—Gracias, cariño. Es hermosa, igual que tú —dijo Daniel, arrodillándose con una sonrisa amable.

Durante las dificultades de Nic y Camila, Mamá y Papá fueron la estabilidad constante que los niños necesitaban. Asumieron el papel de padres sustitutos, cuidando a sus nietos después de la escuela y los fines de semana. Cada niño tenía su propio dormitorio en la casa de Mamá y Papá. Eran compañeros de juegos, modelos a seguir y mentores. Enseñaban valores, inculcaban la herencia étnica y transmitían las tradiciones familiares.

Algunos de los recuerdos más entrañables de los niños eran los momentos que pasaban con Mamá y Papá. Jugaban al béisbol, al escondite, hacían picnics y viajaban a sus lugares favoritos, como McDonald's y Chick-fil-A, donde pedían comida para llevar, aparcaban la camioneta y hacían un pseudo picnic abriendo el maletero y sentándose en la parte trasera. Los niños disfrutaban mucho más de esto que de comer en casa.

Victoria también intervenía para ayudar con los deberes, organizando a los niños alrededor de la mesa del comedor y convirtiendo una situación estresante en una productiva y agradable. Su actitud tranquila y su enfoque estructurado les proporcionaban la estabilidad que necesitaban. Con sus ojos cálidos y brillantes y su magistral capacidad para contar historias, Mamá hacía que cada nieto se sintiera único y especial.

Victoria y Daniel eran inmigrantes de la República Dominicana que crecieron en Nueva York: Victoria en Manhattan y Daniel en el Bronx. Victoria, la mayor de cinco hermanos, heredó el carácter protector de su madre y la resiliencia de su padre. Creía en el poder de la familia y equilibraba la disciplina con el afecto.

Daniel, el menor de tres hermanos, era un joven serio y estudioso. Se especializó en negocios en la Universidad de Nueva York y trabajó para una importante empresa petrolera de la ciudad. Victoria y Daniel se conocieron en una fiesta de barrio y, después de un noviazgo de tres años, se casaron en Nueva York. Tuvieron tres hijos, siendo Nic el mayor.

En 1990, la empresa de Daniel trasladó su sede y la familia se mudó a Fairfax, Virginia. Nic, que entonces tenía diez años, se crio en Virginia. Daniel era un marido y padre paciente y comprensivo, el tipo de abuelo que pasaba horas ayudando con los deberes o construyendo modelos de aviones. Su naturaleza protectora se derivaba de una creencia profunda en la importancia de un entorno seguro y amoroso para que los niños prosperen.

Una noche, mientras Nic estaba sentado a la mesa de la cocina, Victoria se unió a él con una taza de té.

—Nic, ¿podemos hablar un minuto? —preguntó, con los ojos llenos de amor y preocupación.

—Claro, mamá. ¿Qué tienes en mente? —respondió él, percibiendo la seriedad en su tono.

Ella respiró profundamente.

—Sabes, tu abuelo luchó contra el alcoholismo. La mayoría de sus hermanos también. Destruyó a nuestra familia de maneras que no puedes imaginar.

Las manos de Nic temblaron levemente.

—Lo sé, mamá. Recuerdo las historias.

Victoria extendió la mano y colocó la suya sobre la de él.

—No quiero eso para ti, Nic. No quiero eso para tus hijos. Ellos te admiran. Eres su héroe. Dependen de ti para su protección. ¿Cómo te sentirías si les sucediera algo mientras estás borracho o desmayado y no puedes protegerlos?

Sus ojos se llenaron de lágrimas.

—Nunca lo había pensado de esa manera.

Ella le apretó la mano con suavidad.

—Les debes estar presente, ser el padre que necesitan. Puedes romper este ciclo. Creo en ti.

Él asintió, sintiendo el peso de sus palabras.

Cuando Nic anunció que había dejado de beber, Victoria estaba extasiada. Se aseguró de que su hogar fuera un refugio, libre de cualquier tentación. Las cenas familiares se convirtieron en una celebración de la sobriedad de Nic, y Victoria siempre encontraba formas de alentarlo.

Preparó deliciosas bebidas sin alcohol y brindó por la fuerza y el compromiso de Nic.

Nic reflexionaba a menudo sobre el apoyo inquebrantable de sus padres durante sus noches más oscuras. Su presencia era un salvavidas: nunca lo juzgaban, siempre le ofrecían una mano firme y un oído atento.

Una noche particularmente difícil, Nic había comprado una botella de licor y la había dejado sobre la mesa. La miró fijamente, mientras su mente luchaba contra la abrumadora tentación de beber. Sus dedos tamborileaban sobre la mesa, el tictac del reloj amplificaba la tensión en la habitación. Solo con sus pensamientos mientras los niños y Camila dormían, la urgencia de escapar de su dolor a través del alcohol era casi insoportable.

Justo cuando estaba a punto de rendirse, sonó su teléfono. Era su madre.

—Nic, solo quería ver cómo estabas.

Nic estaba asombrado por su momento oportuno. Era casi como si supiera que la necesitaba.

—Estoy bien, mamá —dijo, con la voz tensa.

—Suenas un poco estresado. ¿Está todo bien? —preguntó ella, con un tono suave pero inquisitivo.

—Sí, todo está bien —respondió, sin querer admitir que estaba a punto de alcanzar la botella.

—Me alegra saberlo. Recuerda, eres más fuerte que esta adicción. Puedes superarla. Has llegado muy lejos, y tanto papá como yo estamos muy orgullosos de tus logros y de cómo está progresando tu recuperación. No dejes que ningún momento te defina.

Sus palabras fueron un faro de esperanza, que atravesó la neblina de su lucha. La mano de Nic se cernió sobre la botella, temblando, antes de que finalmente la retirara. Después de que terminó la llamada, abrió la botella y la vertió, sintiendo una sensación de alivio que lo invadía. Se fue a la cama, agradecido por el amor y el apoyo que lo habían salvado una vez más.

Camila observaba desde el costado, con el corazón pesado por emociones encontradas. No podía negar el amor y la estabilidad que Victoria y Daniel les brindaban a los niños, pero también resaltaban sus propias deficiencias. Sentía una punzada cada vez que los niños corrían hacia sus abuelos con los brazos abiertos, con sus rostros iluminados de alegría. En cambio, se mostraban reacios cuando le tocaba a ella ir de visita.

Recordó las innumerables veces que había intentado comunicarse con los niños, pero sus esfuerzos siempre parecían ser insuficientes. El vínculo que Victoria y Daniel tenían con los niños era algo que ella nunca había logrado. Era un recordatorio constante de sus fracasos como madre.

Los sentimientos de Camila no se relacionaban solo con el afecto de los niños por sus abuelos, sino también con el apoyo que Nic recibía. Se sentía aislada y sola, luchando por encontrar su lugar en una familia que parecía funcionar perfectamente sin ella. La proximidad también influyó. Sus padres vivían en Nueva York y, aunque no se comunicaban ni visitaban de manera proactiva, la distancia le dificultaba apoyarse en ellos. Esta sensación de incompetencia impulsó sus acciones, lo que la llevó a tomar decisiones de las que luego se arrepentiría.

Una noche, Camila se sentó sola en la sala de estar, la casa estaba en silencio excepto por el sonido distante de los niños jugando con sus abuelos. Sintió una profunda sensación de soledad. *¿Por qué no puedo ser la madre que necesitan? ¿Por qué siempre recurren a Victoria y Daniel?*

Recordó un intento reciente de estrechar lazos con Adrián.

—Adrián, ¿quieres hornear galletas conmigo?

Adrián levantó la vista, indiferente.

—No, mamá hace las mejores galletas. Quiero esperarla.

El corazón de Camila se hundió. Forzó una sonrisa y asintió, pero por dentro sintió una punzada de rechazo. *Me esfuerzo tanto, pero nunca es suficiente. No me ven como ven a sus abuelos.*

Camila reflexionaba a menudo sobre su papel en la familia. Se sentía como una extraña, viendo cómo Nic y los niños prosperaban bajo el cuidado de Victoria y Daniel. Sus propios padres habían sido distantes, no por elección, sino por los kilómetros que los separaban. Esta falta de proximidad la hacía sentir aún más aislada y mal preparada para ser la madre que sus hijos necesitaban.

Luchaba con la culpa por sus acciones pasadas. Su sensación de incompetencia la había llevado a tomar decisiones que tensaron su relación con Nic y los niños. Lamentaba las veces que había estallado en frustración, los momentos en que sus inseguridades la habían dominado. Incluso criticó a Victoria frente a los niños, solo para que le dijeran que parara.

A pesar de sus luchas, Camila estaba decidida a cambiar. Quería ser una mejor madre y compañera. Comenzó a buscar formas de conectarse con sus hijos, incluso si eso significaba dar pequeños pasos. Una tarde, decidió unirse a los niños y a Daniel en el parque.

—¿Te importa si me uno a ustedes? —preguntó.

—Por supuesto que no, Camila. Cuantos más, mejor —dijo Daniel sonriendo cálidamente.

Observó a Adrián y Celina jugar, sintiendo un rayo de esperanza de que algún día confiarían en ella y formarían un fuerte vínculo.

Victoria siempre había sido sensible a las energías que la rodeaban. Cada vez que entraba en la casa de Nic y Camila, sentía una pesadez inexplicable, de esas que se instalan en los rincones y hacen que el aire sea espeso y oscuro. Era como si las paredes albergaran negatividad y la luz del sol no pudiera penetrar la oscuridad. La casa entera, especialmente el nivel principal, parecía oscura y persistía una sensación de inquietud. Era un peso invisible que flotaba en el aire, causando una inexplicable inquietud en quienes estaban en sintonía con su presencia. Curiosamente, nadie más parecía notar o comentar sobre esa pesadez.

Durante una de esas visitas, notó que Nic estaba sentado en el sofá, mirando fijamente la televisión sin su chispa habitual.

—Nic, ¿estás bien? Te ves... diferente.

Nic se encogió de hombros, sin mirarla a los ojos.

—Estoy cansado, mamá. Han sido unas semanas difíciles.

Victoria miró a Camila en la cocina, sus movimientos eran tensos y apresurados, el aire entre ellos crepitaba con una tensión tácita. Victoria no era consciente de los problemas, pero pensó que esta casa se sentía asfixiante bajo el peso de sus luchas.

La primera vez que Victoria visitó la casa de Nic después del divorcio, la transformación fue sorprendente. El aire se sentía más ligero, las habitaciones más luminosas. Nic la saludó con una sonrisa genuina, un marcado contraste con su comportamiento anterior.

—Hola, mamá. Me alegro de verte.

Victoria miró a su alrededor, notando la luz del sol que entraba por las ventanas, llenando la casa de calidez.

—Nic, la casa se siente tan diferente. Es como si hubiera desaparecido una nube oscura.

Nic asintió, el alivio era evidente en su expresión.

—Sí, se siente como si me hubieran quitado un peso de encima.

Victoria caminó por la casa, sintiendo la energía positiva que impregnaba el aire. Los problemas no resueltos y la agitación emocional se habían infiltrado en las paredes de esta casa. Con la partida de Camila, la negatividad se había disipado, permitiendo que volviera la paz.

Más tarde, Victoria se sentó con Nic en la cocina, con una taza de té en las manos. —Nic, esta experiencia ha validado mi creencia de que nuestras emociones y relaciones influyen profundamente en la energía de nuestro entorno.

Nic miró a su madre, confundido.

—¿Qué quieres decir?

—La atmósfera de una casa puede absorber y reflejar los sentimientos de las personas que viven en ella. Cuando hay tensión, enojo o tristeza, puede crear una sensación pesada y opresiva. Pero cuando hay amor, paz y positividad, se siente más liviana y acogedora. La energía que pones en tus relaciones da forma al entorno que te rodea.

La curiosidad de Nic se despertó.

—Entonces, ¿la forma en que nos sentimos e interactuamos entre nosotros puede cambiar la sensación de un lugar?

—Exactamente —respondió Victoria asintiendo. Tus problemas no resueltos y tu confusión emocional con Camila habían creado una atmósfera opresiva aquí. Pero ahora, con esa tensión desaparecida, la casa se siente como un santuario nuevamente. Es un recordatorio de que, a veces, el cambio es necesario para restablecer el equilibrio y el bienestar.

Nic asintió, la comprensión se dibujó en su rostro.

—Tienes razón, mamá. Es como si la casa finalmente pudiera respirar nuevamente.

Como abuelos, Victoria y Daniel tuvieron un impacto profundo y enriquecedor en la vida de sus nietos. Nic fomentó relaciones sólidas entre las dos generaciones, creando lazos de amor y amistad. Los abuelos necesitaban a sus hijos y nietos tanto como ellos los necesitaban a ellos. Esta dependencia mutua creó una profunda satisfacción y aseguró que el amor y el cuidado fluyeran entre generaciones.

Los hijos de Nic encontraron una aceptación y una alegría únicas en sus relaciones con sus abuelos, Victoria y Daniel. Ellos sirvieron como «amortiguadores del estrés, vigilantes de la familia, raíces, árbitros y apoyos», desempeñando múltiples papeles esenciales en sus vidas.

El amor y la crianza brindados por Mamá y Papá ofrecieron un puerto seguro para los niños durante un momento de extrema agitación en la vida de sus padres. Los lazos formados entre los abuelos y sus nietos fueron vitales para la salud y la felicidad de la familia. Los cimientos y las raíces los mantuvieron firmes, las ramas los sostuvieron y las hojas les brindaron refugio. En su abrazo, cada generación encontró la fuerza para crecer y prosperar.

Victoria y Daniel brindaron un santuario a Adrián y Celina, un lugar donde el amor y la estabilidad eran constantes. Su hogar estaba lleno de calidez, risas y recuerdos preciados, guiando a sus nietos con manos tiernas y corazones abiertos. Su apoyo y presencia inquebrantables fueron pilares de fortaleza, no solo para los niños sino también para Nic.

CAPÍTULO 16

EL FORASTERO: EL JUEGO DE LA CULPA

Los días de Camila estaban plagados de una sensación de pérdida. Constantemente pensaba en lo que había desperdiciado: el amor de su vida, la confianza de su familia y las simples alegrías de ser parte del mundo de sus hijos. La vida suburbana que una vez la asfixió ahora parecía un sueño lejano que nunca podría recuperar.

Cada vez que Camila intentaba reconectarse con sus hijos, sentía una barrera invisible. No conocía a sus amigos, a los padres de sus amigos ni la intrincada red de relaciones que formaban sus vidas sociales. Echaba de menos la camaradería de las reuniones después de los partidos, las risas compartidas y el sentido de comunidad en el que Nic se había integrado sin problemas.

Los intentos de Camila por reconectarse a menudo le resultaban incómodos y tensos. No sabía sus comidas favoritas, sus pasatiempos ni los nombres de sus mejores amigos. Los pequeños detalles que conformaban sus vidas eran un misterio para ella, y esta constatación la lastimaba profundamente.

Nic, por otro lado, era una figura querida en la comunidad. Era conocido como el padre soltero y dedicado, y lo invitaban a todos los eventos, desde las obras de teatro de la escuela hasta las barbacoas de los fines de semana. Su presencia era un recordatorio constante de la vida que Camila había perdido.

Los intentos de Camila de romper la barrera se encontraban con una indiferencia educada. Asistía a los eventos de la escuela y trataba de relacionarse con otros padres, pero las conexiones parecían forzadas y superficiales. Los otros padres, leales a Nic y recelosos del comportamiento pasado de Camila, la mantenían a distancia. La rechazaban, no por malicia, sino por un instinto protector de su comunidad y su amigo. Esta exclusión fue profundamente dolorosa. Camila anhelaba ser parte de la vida de sus hijos, compartir sus triunfos y apoyarlos en sus luchas. Pero no importaba cuánto lo intentara, no podía atravesar el velo que la separaba del mundo que alguna vez dio por sentado.

La parte más dolorosa del arrepentimiento de Camila era el distanciamiento de sus hijos. Observaba desde la banda cómo Nic los animaba en los eventos deportivos, asistía a las reuniones de padres y maestros y organizaba fiestas de pijamas. Sus hijos se habían acostumbrado a su ausencia. La amaban, pero su vínculo con Nic era más fuerte, forjado a través de años de su presencia inquebrantable.

Cuando el sol se puso, arrojando un cálido resplandor sobre el vecindario, Camila se paró nerviosa en el porche delantero de la casa de Nic. Dudó antes de tocar la puerta, y cuando Nic abrió la puerta, se sorprendió de verla.

—¿Camila? ¿Qué estás haciendo aquí? —preguntó, desconcertado.

—Hola, Nic. Yo... necesitaba hablar contigo. ¿Podemos sentarnos un momento? —respondió nerviosa.

—Claro. Entra —dijo Nic vacilante.

Se dirigieron a la sala de estar. Nic se sentó en el sofá y Camila se sentó frente a él, jugueteando con las manos. Respirando profundamente, comenzó a hablar.

—He estado reflexionando mucho últimamente. Sobre todo: los niños, nosotros, y los errores que he cometido.

—Continúa —asintió Nic.

—Se que te he hecho daño a ti y a los niños. Te culpé por mi comportamiento, por mi fiesta, pero la verdad es que tomé esas decisiones. Dejé que mis adicciones me controlaran —dijo Camila, con la voz temblorosa.

Los pensamientos de Nic se aceleraron. *Sí, no te olvides de la aventura. Se trata de los niños, no de mí, así que lo dejaré pasar, pero ella simplemente pasó por alto esa parte como si no hubiera sucedido.*

—Ambos cometimos errores, Camila. Mi bebida no ayudó. Pero dejé de hacerlo porque sabía que los niños necesitaban que yo fuera mejor —respondió Nic suavemente.

Se formaron lágrimas en los ojos de Camila.

—Y prometí cambiar también, pero no lo hice. Seguí saliendo, consumiendo drogas, descuidando a nuestra familia. Les fallé a todos ustedes.

—No fue fácil para ninguno de nosotros. Quería apoyarte, pero no podía seguir siendo el único que lo intentaba. Los niños necesitaban estabilidad y yo tenía que seguir adelante —suspiró Nic.

—Ahora lo entiendo. Veo cuánto he perdido y me está destrozando. Quiero arreglar las cosas, Nic. Quiero ser una mejor madre para Adrián y Celina —sollozó Camila.

Nic la miró y su expresión se suavizó.

—Va a ser un largo camino, Camila. Están heridos y confundidos, y les llevará tiempo volver a confiar en ti.

—Estoy dispuesta a hacer el trabajo. Solo necesito saber que cuento con tu apoyo, aunque sea a la distancia —dijo Camila con determinación.

—Te apoyaré, pero debes tomar la iniciativa. Muéstrales con tus acciones que has cambiado. Esa es la única manera —asintió Nic.

—Gracias, Nic. No te decepcionaré esta vez. Lo prometo —dijo Camila, secándose las lágrimas.

—Camila, no se trata de decepcionarme. Por el bien de ellos, espero que lo digas en serio porque esta vez, los decepcionarás si no sigues adelante —respondió Nic con suavidad.

La semana siguiente a su declaración de mejorar, Nic se sentó en el sofá, mirando viejas fotos familiares. La puerta se abrió y Camila llegó para recoger a los niños para una visita programada, tres horas tarde.

—Camila, tenemos que hablar —dijo Nic con firmeza, levantando la vista.

Camila suspiró, poniendo los ojos en blanco.

—¿Y ahora qué, Nic? Solo estoy aquí para recoger a los niños.

—Llegas tres horas tarde y ya están instalados para pasar la noche. No los voy a despertar. Incluso si estuvieran despiertos, no te dejaría llevártelos. No pareces sobria. ¿Has estado bebiendo?

—Si he estado bebiendo o no, no es asunto tuyo. Estoy aquí, ¿no? ¿Qué más quieres? Nada es nunca lo suficientemente bueno para ti —espetó Camila defensivamente—. Estoy tratando de arreglar las cosas —agregó.

—Es asunto mío porque estamos hablando del bienestar de mis hijos. Puede que a ti no te importe su seguridad, pero a mí sí. Llegar tarde y en estas condiciones no arregla las cosas, Camila. No puedes entrar aquí cuando quieras y fingir que todo está bien.

La frustración de Nic era palpable.

—Estuviste ausente durante años, Camila. Me dejaste para ser madre y padre de Adrián y Celina. Sigues siendo una madre ausente. ¿Cómo esperas que confíen en ti cuando ni siquiera puedes cumplir con un compromiso de tiempo?

—Nic, ¡tenía mis razones para mi comportamiento pasado! No entiendes la presión bajo la que estaba —dijo Camila alzando la voz, con lágrimas en los ojos.

—¿Presión? ¿Qué presión, Camila? Nunca asumiste ninguna responsabilidad real —desafió Nic, su tono firme.

—Tal vez presión no sea la palabra correcta. El punto es que estaba pasando por muchos problemas emocionales tratando de encontrar mi camino. Fue un momento en mi vida en el que me sentí completamente perdida, sin tener claro qué quería o hacia dónde dirigirme. Tal vez eso fue egoísta, pero es la verdad.

—Mira, Camila, no puedes culpar a tus problemas emocionales por ser una madre ausente. Cuando uno es padre, el bienestar de los niños es la prioridad.

—Lo entiendo, Nic. Pero enfrentar a mi familia con todo esto es increíblemente difícil. Ni siquiera saben que nos hemos separado. En nuestra cultura dominicana, es inaudito que una madre pierda la custodia. Pensarán que soy una madre terrible. No les he contado sobre el divorcio y la custodia porque temo su juicio —sollozó Camila.

—Entiendo que es difícil, Camila. Pero no se trata de lo que piensen los demás. Se trata de nuestros hijos. Necesitan estabilidad y una madre que esté presente y sea responsable —dijo Nic suavizando un poco su tono.

—Sé que metí la pata, Nic. Pero quiero estar ahí para ellos ahora. Quiero enmendar el daño —dijo Camila, con la voz quebrada.

—No es tan simple. No puedes simplemente borrar el pasado. Adrián y Celina están heridos. Les llevará tiempo volver a confiar en ti. Tienes que mostrarles, no solo decirles, que has cambiado —suspiró Nic.

—Lo entiendo. Pero ¿cómo empiezo? —preguntó Camila, asintiendo.

—Empieza por ser honesta contigo misma, con ellos y con tu familia. Acepta la responsabilidad de tus acciones. Y lo más importante, sé constante. Necesitan ver que estás comprometida a ser una mejor madre —dijo Nic, mirándola a los ojos.

—Lo intentaré, Nic. De verdad que lo haré —dijo Camila, secándose las lágrimas.

—Eso es todo lo que puedo pedir. Pero recuerda, es un largo camino. No esperes que las cosas cambien de la noche a la mañana. Sé paciente con ellos —dijo Nic en voz baja.

—Lo haré. Gracias, Nic —respondió Camila, decidida.

—Por el bien de los niños, espero que lo digas en serio —asintió Nic.

Camila se fue de la casa de Nic decidida a enmendar el error. Nic no estaba seguro. Camila nunca cambiaba y siempre hacía promesas huecas.

Un mes después, una noche en la que Camila traía a los niños de una visita de fin de semana, se acercó a Nic para hablar de su relación con Adrián y Celina. El aroma de un guiso llenaba la cocina mientras Nic cortaba verduras con facilidad practicada. El sonido rítmico del cuchillo golpeando la tabla de cortar era el único ruido hasta que la voz ansiosa de Camila rompió el silencio.

—Nic, necesito hablar contigo sobre los niños —comenzó, con voz temblorosa. Todavía no se abren conmigo, y siento que tú y tu madre los están envenenando en mi contra.

Nic suspiró profundamente, dejó el cuchillo y se volvió para mirarla.

—Camila, ya hemos hablado de esto. Nadie está envenenando a los niños en tu contra. Están heridos y confundidos, y les llevará tiempo volver a confiar en ti. Camila, tienes que dejar de hablar tonterías y reconocer que mis padres han estado con esos niños desde el día en que nacieron. Han sido padres sustitutos cuando tú y yo estábamos luchando con nuestros problemas personales. Los niños siempre han estado cerca de sus abuelos, quienes han sido una presencia constante en sus vidas, especialmente cuando tú estabas demasiado ocupada con el trabajo o compromisos sociales. La casa de sus abuelos es un segundo hogar para ellos, lleno de calidez y amor.

Camila se sentó en un taburete, agarrándose fuerte del borde mientras recordaba cómo sus hijos entraron corriendo a la casa de los padres de Nic, su risa resonando en la tranquila calle suburbana. Una punzada de inseguridad y frustración la golpeó al ver lo felices que estaban de ver a sus abuelos, abrazándolos con fuerza. No le daban ese tipo de recepción a ella, y se sentía como una extraña en su propia familia.

Para cuando Camila notó el cambio en el comportamiento de sus hijos, ya era demasiado tarde. Empezó a ver cómo su ausencia y su despreocupación los habían afectado. Recordó las veces que había faltado a sus eventos escolares, las noches en que había llegado tarde a casa, demasiado cansada para pasar tiempo con ellos. Parecían distantes, prefiriendo pasar tiempo con sus abuelos en lugar de con ella. Mientras estaba de pie en la cocina de Nic, el recuerdo de una confrontación pasada con él la inundó.

—Ya no quieren estar cerca de mí —había dicho Camila, con lágrimas corriendo por su rostro. Tu madre los está poniendo en mi contra.

Nic había suspirado, frotándose las sienes.

—Camila, no es así. A ellos les encanta pasar tiempo con ella porque siempre está ahí para ellos.

—¿Y yo no? —había replicado Camila. Soy su madre, Nic. Deberían querer estar conmigo.

La expresión de Nic se había suavizado ligeramente.

—No se trata de que tú no seas su madre. Se trata de consistencia. Necesitan estabilidad, y mi madre se la proporciona.

La frustración de Camila había aumentado.

—Pero cada vez que intento hablar con ellos, me dejan afuera. Necesito tu ayuda para solucionar esto —dijo, con la voz desgarrada por la desesperación.

De vuelta al presente, la voz de Camila tembló mientras le hablaba a Nic.

—Recuerdo esa discusión con tanta claridad. Me sentí tan impotente entonces, y todavía me siento ahora.

La expresión de Nic se endureció mientras hablaba con firmeza:

—Camila, quiero apoyar tus esfuerzos por cambiar tu vida, pero no es mi responsabilidad arreglar tu relación con los niños. Eso es algo en lo que debes trabajar directamente con ellos.

Las lágrimas brotaron de los ojos de Camila, su voz se quebró.

—No sé cómo llegar a ellos, Nic. No me escuchan. Me ignoran, sin levantar la vista de sus teléfonos. No me toman en serio. Es casi como si no existiera.

Suavizando su tono, Nic se acercó.

—Entiendo que es difícil, pero necesitas comunicarte con ellos directamente. Necesitan escuchar de ti, no a través de mí o de cualquier otra persona.

La desesperación teñía su voz mientras suplicaba:

—¿Al menos no puedes hablar con ellos por mí? ¿Ayudarlos a entender que lo estoy intentando?

Nic negó con la cabeza, su determinación inquebrantable.

—No, Camila. No puedo ser el intermediario. Es importante que construyas esa confianza con ellos tú misma. Necesitan ver que estás comprometida a ser una mejor madre.

La ira brilló en los ojos de Camila.

—¿Entonces me vas a dejar que resuelva esto por mi cuenta?

Manteniendo la calma, Nic respondió:

—No te voy a dejar que lo resuelvas sola. Estoy aquí para apoyarte, pero debes asumir la responsabilidad de tus acciones y sus consecuencias. Es la única forma en que los niños comenzarán a confiar y respetarte nuevamente.

Los hombros de Camila se hundieron mientras comenzaba a sollozar.

—Me siento tan perdida, Nic. No sé qué hacer.

Con suavidad, Nic le puso una mano en el hombro.

—Comienza por ser honesta con ellos. Discúlpate por el pasado y muéstrales a través de tus acciones que has cambiado. Tomará tiempo, pero es la única forma.

Camila asintió, la determinación reemplazó sus lágrimas.

—Está bien. Lo intentaré. Pero, por favor, no me dejes completamente fuera.

La voz de Nic se suavizó.

—No lo haré, Camila. Pero tienes que encontrarnos a medio camino. Los niños necesitan ver que te tomas esto en serio.

Con una nueva determinación, Camila prometió:

—Lo haré. Lo prometo. Comenzaré por ser honesta con mi familia y contarles lo que está pasando.

Nic tuvo que luchar con el delicado equilibrio entre apoyar a Camila y al mismo tiempo imponer los límites que ambos necesitaban desesperadamente. Sabía que para que Camila pudiera recuperar la confianza de sus hijos, tenía que hacerse responsable de sus acciones y comunicarse directamente con ellos. Sin embargo, su comportamiento errático a menudo hacía que Nic se sintiera como si estuviera a cargo de tres niños en lugar de dos. El peso de esta responsabilidad lo presionaba mucho, mientras navegaba por la delgada línea entre brindar apoyo y ser un firme guardián de la frágil estabilidad de su familia.

A pesar de los desafíos, Nic se mantuvo firme. Sabía que, por el bien de Adrián y Celina, tenía que mantener un entorno estable y amoroso. Su compromiso con sus hijos le dio la fuerza para enfrentar cada día, incluso mientras lidiaba con las complejidades de su dinámica familiar. Cuando cerró la puerta detrás de Camila, se juró en silencio que seguiría avanzando, un paso a la vez, por el bien de su futuro.

CAPÍTULO 17
CAMILA ROMPE SU SILENCIO

Camila finalmente había reunido el coraje para enfrentar a su familia y revelar la verdad sobre su divorcio. Durante seis largos meses, permanecieron en la oscuridad, ignorando que ella y Nic se habían separado y que él tenía la custodia de los niños. La idea de enfrentarse a su decepción y a sus inevitables preguntas le resultaba abrumadora, pero entendía que había llegado el momento de asumir las consecuencias de sus actos y dar el primer paso en el camino hacia la sanación.

En la modesta casa llena de fotos y recuerdos familiares, la madre de Camila, Andrea, y sus hermanas, Isabella y Ángela, estaban reunidas en la sala de estar. Camila entró, visiblemente nerviosa. Su corazón latía con fuerza en su pecho mientras se acercaba a ellas, cada paso se sentía como una marcha hacia su propia ejecución.

—Camila, mija, es bueno verte. Ven, siéntate con nosotros —dijo Andrea cálidamente, palmeando el asiento junto a ella—. No te hemos visto en mucho tiempo. ¿Cuándo fue la última vez que estuviste aquí?

—Han pasado unos siete meses desde la última vez que estuvo aquí para mi cumpleaños —dijo Ángela.

Camila se sentó, con las manos temblando ligeramente. Isabella notó su tensión inmediatamente.

—Camila, parece que te ha pasado algo terrible. ¿Qué está pasando?

Respirando profundamente, Camila intentó tranquilizarse.

—En parte, mi ausencia es una de las razones por las que quería hablar con ustedes sobre algo importante.

Ángela, con el ceño fruncido por la preocupación, se inclinó hacia delante.

—¿De qué se trata? Sabes que puedes contarnos cualquier cosa.

—Es más bien una confesión. Se trata de Nic y los niños... y el divorcio —Camila vaciló, su voz apenas por encima de un susurro. Fue revelando la verdad a cucharadas, no quería abrumarlas con todo de una vez, así que deliberadamente dejó escapar un pedacito a la vez.

La sonrisa de Andrea se desvaneció, reemplazada por un ceño fruncido.

—¿Divorcio? Nunca dijiste nada sobre el divorcio. ¿Cuándo sucedió esto?

Las lágrimas brotaron de los ojos de Camila.

—No quería decírselos porque... porque tenía miedo de que me juzgaran.

—Mija, ¿por qué te juzgaríamos? Muchas relaciones no siempre funcionan y las personas toman caminos separados —dijo Andrea en su tono más reconfortante.

Camila dijo casi en un susurro:

—Porque Nic obtuvo la custodia de los niños.

—Espera, ¿acabas de decir que Nic obtuvo la custodia de los niños? —dijo Ángela.

La expresión de Andrea se endureció.

—Camila, ¿qué pasó? ¿Por qué Nic obtuvo la custodia?

Sollozando, Camila confesó:

—No estuve allí para ellos. Estaba demasiado ocupada con mi propia vida, de fiesta, bebiendo, consumiendo drogas. Nic tenía que ser madre y padre para Adrián y Celina. Les fallé.

Los ojos de Ángela se abrieron de ira.

—¿Cómo pudiste, Camila? ¡Esos niños te necesitaban!

Isabella sacudió la cabeza, la decepción grabada en su rostro.

—Confiamos en que cuidarías de tu familia. ¿Cómo pudiste permitir que esto sucediera?

Andrea suavizó su tono y extendió la mano para tomar la de Camila.

—Camila, mija, todos cometemos errores. Pero debes asumir la responsabilidad de tus acciones. Culpar a los demás no ayudará.

—Lo sé, mamá. Sé que metí la pata. Pero quiero arreglar las cosas. Quiero ser una mejor madre —lloró Camila, con la voz quebrada.

—No va a ser fácil. Los niños necesitarán tiempo para volver a confiar en ti. Y tienes que demostrarles que has cambiado, no solo decírselo —suspiró Andrea, con su agarre firme pero suave.

Ángela asintió, su expresión se suavizó ligeramente.

—Las acciones hablan más que las palabras, Camila. Tienes que demostrarles que estás comprometida a ser una mejor madre.

Los ojos de Isabella se suavizaron.

—Estamos aquí para ti, Camila. Pero tienes que dar el primer paso.

—Sé todo esto. He tenido esta misma discusión con Nic, y él ha dicho las mismas cosas. Le prometí, al igual que le prometo a ustedes, que haré lo que sea necesario para arreglar las cosas —dijo Camila con determinación, secándose las lágrimas.

Andrea la abrazó.

—Creemos en ti, mija. Pero recuerda, es un largo camino. Mantente fuerte y comprometida.

—Hay una cosa más que necesito decirles si voy a ser transparente.

—¿Quieres decir que hay más? —preguntó Isabella, su voz teñida de incredulidad.

—Sí, y es la razón principal por la que Nic pidió el divorcio. Por muy malo que fuera mi ausencia como madre y esposa, esto es peor.

—Dios mío, Camila, ¿qué hiciste? —la voz de Andrea estaba llena de pavor.

—Mamá, no me va a resultar fácil confesar esto, pero les contaré toda la historia.

Andrea, con el corazón en la garganta y la voz temblando, dijo:

—Adelante, te escuchamos.

Camila se sentó frente a su madre y sus hermanas, con los ojos llenos de arrepentimiento.

—Tuve una aventura con un hombre llamado Marcos Medina. Es un abogado corporativo de treinta y ocho años. Fue un error terrible, confesó, con la voz temblorosa.

Camila tomó una respiración profunda, con los ojos llenos de una mezcla de miedo y arrepentimiento. Sabía que este momento lo cambiaría todo. La sala de estar parecía cerrarse alrededor de ellas mientras Camila confesaba la aventura, cada palabra pesada con el peso de sus acciones.

—Mamá, conocí a Marcos en un evento benéfico organizado por su bufete de abogados. Me sentí abandonada y poco apreciada en mi matrimonio, y su atención era halagadora. Nuestras conversaciones comenzaron ligeras y coquetas, pero rápidamente se convirtieron en una aventura apasionada. Marcos me hizo sentir intensamente viva, algo que no había sentido en mi matrimonio con Nic. Nos reuníamos en secreto y encontrábamos consuelo en la compañía del otro.

»Esta aventura creó una profunda grieta entre Nic y yo. En casa, me sentía irritable y aburrida, ya no disfrutaba del tiempo en familia. La estabilidad y el amor de Nic se sentían como una carga, y comencé a verlo como un obstáculo para la vida que creía que quería.

»Marcos sabía que nuestra relación se basaba en el secreto y el engaño. Luchó con la culpa, especialmente sabiendo que yo tenía una familia. Pero su deseo por mí y el escape que yo le proporcionaba eran demasiado fuertes para resistirse. A medida que la aventura continuó, Marcos se volvió cada vez más conflictivo. Se preocupaba profundamente por mí, pero sabía que nuestra relación no podía durar como estaba. O dejaba a Nic y a los niños, o rompía con él. Marcos no quería lidiar con niños.

—Dios mío, Camila, ¿cómo pudiste arriesgar el futuro de tu familia por un hombre que no aceptaba a tus hijos? —dijo su madre en estado de shock.

—Eso ni siquiera es lo peor.

—No puedo creer que esto empeore —dijo Ángela, alzando la voz.

—Lo peor es que Nic me siguió una noche y nos confrontó en el hotel —concluyó Camila, con la voz quebrada.

El rostro de su madre pasó por una gama de emociones: sorpresa, dolor y finalmente, una profunda tristeza. El silencio que siguió fue ensordecedor, un marcado contraste con el tumulto en el corazón de Camila. Andrea palideció mientras asimilaba las palabras de Camila. Respiró profundamente, sus ojos se llenaron de una mezcla de decepción y tristeza.

—Oh, Camila —susurró, sacudiendo la cabeza—. ¿Cómo pudiste dejar que llegara tan lejos? Te crie mejor que esto —su voz temblaba de emoción, pero extendió la mano y tomó la de Camila—. Todos cometemos errores, mija. Pero debes comprender la gravedad de lo que has hecho. No se trata solo de ti; se trata de tu familia, tus hijos. Tienes que encontrar una manera de arreglar esto.

Isabella se quedó sentada en silencio, atónita, con los ojos abiertos por la incredulidad.

—No puedo creerlo —dijo finalmente, su voz apenas por encima de un susurro—. Lo tenías todo, Camila. Un esposo amoroso, hermosos hijos... ¿Cómo pudiste tirarlo todo por una aventura? —su tono era duro, pero había un deje de tristeza en sus ojos—. Ya ni siquiera sé quién eres —se puso de pie y caminó de un lado a otro por la sala—. Tienes que arreglar esto, Camila. Por tus hijos, al menos. Se merecen algo mejor.

Ángela, que finalmente encontró su voz, dijo:

—Dios mío, mi corazón sufre por Nic. Es un hombre tan bueno, esposo y padre. No se merecía esto de ti. Sé que está sufriendo y todo lo que quiero hacer es darle un abrazo. Tienes suerte de que no sea un hombre violento y que aún estés viva para contarlo. Pocos hombres habrían reaccionado con la compostura que él tiene. Esto podría haber terminado en desastre para todos los involucrados. Agradece a tu buena estrella que Nic sea el tipo de hombre que es. Se necesita fuerza y autocontrol para enfrentar este tipo de traición y no actuar violentamente.

Andrea, aún en estado de shock, respiró profundamente, sus ojos llenos de una mezcla de decepción y tristeza.

—Estoy de acuerdo con Ángela —intervino Andrea—. Lo que siempre he admirado más de Nic es que siempre ha sido un pilar de paciencia y comprensión. Incluso ante una traición tan profunda, eligió manejar la situación con dignidad. Es una cualidad poco común, Camila. Muchos hombres habrían dejado que su ira los controlara. Pero Nic... se mantuvo firme, no dejó que sus emociones dictaran sus acciones. Pensó en los niños, en protegerlos de más daño. Se necesita una persona verdaderamente extraordinaria para priorizar el amor y la protección sobre la venganza. Ese es el tipo de hombre que es Nic. Y eres increíblemente afortunada de que él sea el padre de tus hijos.

Las palabras de Andrea quedaron suspendidas en el aire, y cada miembro de la familia de Camila absorbió la gravedad de lo que habían compartido. Camila sintió el peso de su decepción, pero también su amor. Sabía que el camino por delante sería largo y arduo, pero con su apoyo, creía que podría comenzar a enmendar las cosas.

—Estamos aquí para ti, Camila —continuó Andrea en voz baja. Pero tienes que dar el primer paso. Depende de ti reconstruir lo que se ha roto.

Camila asintió, y la determinación se apoderó de ella.

—Lo haré, mamá. Lo prometo. Haré lo que sea necesario para arreglar las cosas.

El apoyo de su familia, aunque teñido de decepción, fue la base que necesitaba para comenzar el difícil viaje de sanación y redención. Por primera vez en meses, sintió un rayo de esperanza. Todas estaban emocionalmente agotadas después de la confesión de Camila. Cuando se despidieron esa noche, cada miembro de la familia necesitó tiempo para procesar lo que acababan de escuchar, incapaces de creer lo bien que Camila había logrado mantener ocultas sus luchas. Había logrado mantenerlos a oscuras sobre la confusión en su vida.

Al día siguiente, en la cocina de Andrea, un espacio cálido y familiar lleno del aroma de la comida casera, Andrea estaba preparando la cena cuando Camila entró buscando consuelo. La cocina, con su mesa de madera desgastada y el olor a estofado hirviendo, siempre había sido un lugar de consuelo para Camila.

—Mamá, no sé qué hacer. Siento que todo se está desmoronando —dijo Camila, hundiéndose en una silla en la mesa de la cocina, con los hombros caídos. El peso de su confesión aún colgaba pesadamente sobre ella.

Andrea suspiró, removiendo una olla en la estufa. Miró a Camila, su corazón dolido por su hija.

—Camila, mija, sé que estás luchando. Pero necesitas entender que tus acciones tienen consecuencias —su voz era suave pero firme, una mezcla de amor y decepción.

Las lágrimas llenaron los ojos de Camila, su voz se quebró.

—Lo sé, Mamá. Solo necesito tu apoyo ahora mismo —se sentía como una niña otra vez, buscando consuelo en la presencia de su madre.

Andrea hizo una pausa, sus manos temblando ligeramente mientras dejaba la cuchara a un lado. Se volvió para mirar a Camila, su expresión dividida.

—Quiero apoyarte, Camila. Eres mi hija y te amo. Pero no puedo ignorar lo que has hecho —el dolor en sus ojos era evidente, un reflejo de la traición que sentía.

—Por favor, Mamá. Te necesito —suplicó Camila, su voz desesperada. Sentía las paredes cerrándose, la realidad de sus acciones la asfixiaba.

Andrea se acercó y se sentó junto a Camila, tomándola de la mano.

—Lo sé, mija. Pero necesitas asumir la responsabilidad de tus acciones —dijo suavemente, su voz llena de amor y firmeza a la vez. Internamente, se dijo a sí misma: *Mantente fuerte, Andrea. Ella necesita mucho amor ahora.*

—Lo estoy intentando, Mamá —sollozó Camila, sus lágrimas cayendo sobre la mesa. La culpa y la vergüenza eran abrumadoras, pero sabía que tenía que enfrentarlas.

Andrea apretó suavemente su mano.

—Te creo, Camila. Pero creer no es suficiente. Necesitas demostrarlo a través de tus acciones —dijo, su voz firme pero gentil. Sabía que esta era la única manera en que Camila podría comenzar a sanar verdaderamente.

Camila asintió, con lágrimas corriendo por su rostro.

—Lo haré, Mamá. Lo prometo. Sintió un destello de esperanza, una pequeña luz en la oscuridad.

Andrea atrajo a su hija en un fuerte abrazo.

—Sé que puedes hacerlo. Pero recuerda, es un camino largo —susurró, su voz llena de esperanza y cautela. Rezaba para que Camila encontrara la fuerza para cambiar.

Después de la confesión a su familia, Camila estaba agotada, pero se sintió aliviada de haberlo sacado de su pecho. El engaño había sido una carga demasiado pesada para soportar. Mientras estaba sentada en silencio, sintió una mezcla de alivio y agotamiento. La carga de sus secretos le había pasado factura y ahora, con todo a la vista, finalmente podía comenzar a sanar.

Camila recordó las veces que había descuidado a sus hijos, la mirada de decepción en los ojos de Adrián cuando se perdía sus partidos de fútbol y las lágrimas de Celina cuando no estaba allí para arroparla por la noche. Los recuerdos eran dolorosos, pero alimentaron su determinación de enmendar el daño.

Camila también reflexionó sobre su relación con Nic. Recordó el amor y la estabilidad que él le había brindado, los sacrificios que había hecho por su familia. Ella lo había dado todo por sentado, cegada por sus propios deseos. El enfrentamiento en el hotel había sido una llamada de atención, un momento de claridad que destrozó sus ilusiones. Recordó lo que había sucedido esa noche.

Nic la había seguido esa noche, sus sospechas finalmente se confirmaron. Cuando vio a Camila con Marcos en el hotel, su corazón se rompió. Los enfrentó, su rostro era una máscara de dolor y traición.

—Camila, ¿cómo pudiste? —la voz de Nic era baja, temblando de emoción. Confié en ti. Te amaba. ¿Cómo pudiste hacerle esto a nuestra familia?

Camila nunca lo había visto tan destrozado. Sus ojos, normalmente tan llenos de calidez y amor, ahora estaban llenos de dolor y rabia. Intentó hablar, pero las palabras se le atascaron en la garganta.

—Nic, lo siento mucho —susurró, con lágrimas corriendo por su rostro—. Nunca quise hacerte daño.

Nic sacudió la cabeza, su expresión se endureció.

—Lo siento no es suficiente, Camila. Has destruido todo lo que construimos juntos. Nuestra familia, nuestra confianza... todo se ha ido.

La confrontación había sido un punto de inflexión. El dolor de Nic era palpable y obligó a Camila a enfrentar la realidad de sus acciones. Entonces se dio cuenta de que no solo había traicionado a su esposo, sino que también había destrozado los cimientos de su familia.

Mientras Camila estaba sentada en la cocina, con el calor del abrazo de su madre todavía presente, sintió un rayo de esperanza. El apoyo de su familia, a pesar de su decepción, le dio la fuerza para enfrentar las consecuencias de sus acciones y esforzarse por reconstruir su vida. Sabía que el camino que tenía por delante sería difícil, pero por primera vez en mucho tiempo, sintió un propósito. Camila prometió recuperar la confianza de sus hijos y de Nic. Les mostraría con sus acciones que había cambiado. No sería fácil, pero estaba lista para luchar por su familia y su futuro.

CAPÍTULO 18

LOS ESFUERZOS DE UNA MADRE PARA RECONECTAR

Después de visitar a su familia, Camila recibió a sus hijos en su primer fin de semana desde su confesión y renovada determinación de hacer las cosas bien. La sala de estar, adornada con fotos familiares, era un espacio acogedor lleno del suave resplandor de la luz del sol de la tarde. El aroma de galletas recién horneadas flotaba en el aire, mezclándose con el aroma de lavanda de una vela cercana. Adrián y Celina estaban sentados en el sofá, absortos en sus teléfonos inteligentes. Camila entró con una bandeja de bocadillos, su sonrisa nerviosa y vacilante.

—Adrián, Celina, ¿podemos hablar un minuto? —preguntó, su voz teñida de esperanza.

Adrián levantó la vista brevemente, luego regresó a su teléfono. Celina no levantó la vista en absoluto. Camila suspiró, sintiendo el aguijón de su indiferencia. Sabía que tomaría tiempo y un esfuerzo constante recuperar su confianza. Decidida, se sentó junto a ellos, lista para dar el primer paso en el largo camino hacia la redención.

Camila contuvo las lágrimas mientras se retiraba a su dormitorio, no queriendo llorar frente a los niños. Se tumbó en su cama, mirando al techo, con la mente llena de dudas. *¿Me perdonarán alguna vez? ¿De verdad puedo hacer las cosas bien?* La carga de sus errores pasados oprimía su pecho, pero tomó la decisión de seguir adelante y no rendirse.

Las visitas posteriores fueron iguales. Pasó las tardes en la cocina, preparando la cena, con la esperanza de crear un ambiente cálido. El tintineo de ollas y sartenes era un sonido reconfortante, un recordatorio de tiempos más felices. Puso la mesa con cuidado, colocando sus bocadillos y bebidas favoritos.

Cuando Adrián y Celina llegaron, apenas la miraron. Se sentaron a la mesa, absortos en sus teléfonos, respondiendo a sus intentos de conversación con monosílabos. A pesar de su indiferencia, Camila permaneció tranquila y paciente. Les preguntó sobre su día y sus intereses, tratando de involucrarlos. Notó que a Adrián le gustaba más queso en su pasta y silenciosamente agregó más a su plato. Recordó el postre favorito de Celina y lo sirvió con una sonrisa. Cada pequeño gesto era una silenciosa súplica de conexión.

Pasaron semanas con visitas tensas, pero Camila se mantuvo constante. Se presentó, asistió a los eventos escolares y ayudó con las tareas. Una tarde lluviosa, estaba ayudando a Celina con un proyecto escolar mientras Adrián miraba televisión. El sonido de las gotas de lluvia golpeando contra la ventana creó un ambiente relajante. Celina, frustrada con su proyecto, finalmente le pidió ayuda a Camila. Camila la guio pacientemente a través de los pasos, ofreciéndole aliento y apoyo.

Cuando terminaron el proyecto, Celina le dio a Camila un breve y vacilante abrazo. Fue la primera muestra de afecto en mucho tiempo. El corazón de Camila se llenó de esperanza. No le dio mucha importancia, temiendo que pudiera alejar a Celina. En cambio, simplemente sonrió y continuó ayudando. Adrián, notando la interacción, parecía un poco menos distante. No dijo nada, pero hubo un cambio sutil en su comportamiento.

El viaje de Camila hacia la redención con sus hijos iba a ser largo. Sin embargo, su compromiso inquebrantable y los pequeños, pero significativos, pasos hacia la reconstrucción de su relación con sus hijos eran su prioridad.

En otra visita, Camila dijo:

—Hola, niños. Traje algunos bocadillos. Pensé que podríamos tener un poco de tiempo en familia.

Adrián apenas levantó la vista.

—Gracias. Déjalo ahí.

Celina miró brevemente.

—Sí, gracias, mami.

Camila se sentó junto a ellos, tratando de cerrar la brecha.

—Entonces, ¿cómo estuvo la escuela hoy? ¿Pasó algo interesante?

—Estuvo bien —respondió Adrián, todavía concentrado en su teléfono.

—Lo mismo de siempre —agregó Celina, escribiendo.

Camila lo intentó de nuevo.

—Estaba pensando que tal vez podríamos jugar un juego de mesa o ver una película juntos. ¿Qué opinan?

Adrián suspiró, su frustración burbujeando a la superficie.

—Tal vez más tarde, mami. Estoy ocupado ahora.

Celina asintió.

—Sí, tal vez más tarde.

Sintiendo el aguijón del rechazo, Camila siguió adelante.

—Entiendo que estás ocupado, pero realmente quiero pasar un tiempo contigo. Es importante para mí.

Adrián levantó la vista, con fastidio en los ojos.

—¿Por qué ahora, mami? Nunca te importó antes. Sus palabras fueron duras, un reflejo del dolor que sentía.

El corazón de Camila le dolió ante sus palabras.

—Sé que no estuve ahí para ti antes, pero estoy tratando de cambiar eso. Quiero arreglar las cosas.

La voz de Celina se suavizó.

—Es difícil, mami. No estamos acostumbrados a esto.

Camila suspiró, su determinación inquebrantable.

—Lo entiendo. De verdad que sí. Pero ¿podemos al menos intentarlo? ¿Solo por un rato?

Adrián bajó el teléfono a regañadientes.

—Bien. Pero solo por un rato.

Celina siguió el ejemplo de su hermano.

—Está bien, mami. Lo intentaremos.

Camila sonrió, aunque la distancia entre ellos todavía persistía.

—Gracias. Significa mucho para mí.

Cuando sus hijos aceptaron con cautela pasar tiempo con ella, Camila sintió un destello de esperanza en su corazón. Entendía que reconstruir su relación sería un proceso largo y desafiante, pero estaba lista para enfrentarlo. Sentada junto a ellos, contemplaba el difícil camino por delante. Cada pequeño paso podía conducir hacia la sanación, y se prometió a sí misma mantenerse firme y paciente. Por primera vez en meses, se sintió verdaderamente con un propósito. Camila juró en silencio hacer lo que fuera necesario para recuperar su confianza y construir vínculos más profundos con sus hijos, sabiendo que sus acciones, no sus palabras, determinarían su éxito.

Camila lamentaba no haber creado un vínculo con sus hijos cuando eran más pequeños. Ahora se daba cuenta de que esos años iniciales eran cruciales. Había leído estudios donde mostraban que crear vínculos con los niños durante sus primeros años fomentaba la seguridad emocional, la competencia social y el desarrollo cognitivo. El fuerte vínculo entre padres e hijos proporcionaba una base segura para que los niños exploraran el mundo, construyeran su autoestima y desarrollaran relaciones saludables en el futuro. Mientras reflexionaba sobre estas oportunidades perdidas, Camila se prometió aprovechar al máximo cada momento en el futuro, decidida a proporcionar el amor y el apoyo que sus hijos necesitaban para prosperar.

Permanecía esperanzada, ya que las investigaciones mostraban que, si bien el vínculo temprano era crucial, nunca era demasiado tarde para construir una relación sólida. Los estudios sugerían que las interacciones positivas y consistentes podían ayudar a fortalecer los vínculos incluso a medida que los niños crecían. Si bien el vínculo temprano tenía un impacto significativo, los esfuerzos continuos para conectarse con los niños aún podían influir positivamente en sus habilidades sociales, bienestar emocional y resiliencia.

Así que, aunque el vínculo podía no ser exactamente el mismo que habría sido si se hubiera formado antes, todavía era posible construir una relación significativa y de apoyo con sus hijos. La dedicación y los esfuerzos constantes de Camila podrían ayudar a cerrar la brecha y crear una conexión fuerte y amorosa con Adrián y Celina.

CAPÍTULO 19

UN RESPIRO DE AIRE FRESCO: RELACION A LARGA DISTANCIA

Después de años soportando la superficialidad de Camila y siendo dado por sentado, Nic finalmente decidió seguir adelante. Aunque doloroso, se dio cuenta de que merecía a alguien que lo apreciara por lo que era. Encontró consuelo en el trabajo y en sus pasatiempos, y gradualmente reconstruyó su vida.

Unirse a un grupo local de senderismo le permitió conocer a personas que compartían su pasión por la naturaleza y la aventura. Estas nuevas experiencias le ayudaron a redescubrirse a sí mismo y le brindaron una satisfacción que no había sentido en años. Los fines de semana, cuando los niños visitaban a su madre, Nic aprovechaba para socializar y salir con personas que conocía a través de su grupo de senderismo y otros pasatiempos.

Poco a poco, Nic comenzó a disfrutar de su nueva libertad e independencia. Pasaba más tiempo al aire libre, explorando senderos y montañas, y conectando con otros que compartían sus intereses. La camaradería y las experiencias compartidas con sus nuevos amigos le proporcionaron un sentido de pertenencia y apoyo que había estado extrañando.

La confianza de Nic creció a medida que abrazaba estos nuevos aspectos de su vida. Las caminatas regulares, las reuniones sociales y el tiempo pasado en la naturaleza le ayudaron a sanar las heridas emocionales de su pasado. Empezó a ver un futuro donde podía ser feliz y estar realizado, rodeado de personas que lo valoraban y respetaban.

A través de este viaje, Nic descubrió que seguir adelante no se trataba solo de encontrar a alguien nuevo, sino de redescubrirse a sí mismo y lo que realmente lo hacía feliz. Se dio cuenta de que no necesitaba conformarse con menos y que merecía estar con alguien que lo apreciara plenamente. Esta nueva autoconciencia y apreciación de su propio valor le dieron a Nic un sentido de paz y satisfacción, permitiéndole mirar hacia el futuro con esperanza y optimismo.

Durante el verano de 2014, Nic se tomó unas vacaciones muy necesarias a la Florida con sus amigos de la infancia. Durante este viaje, conoció a la cautivadora Celia López. En un bar junto a la playa en una cálida noche, sintiéndose más libre que en años, la notó al otro lado del bar. Sus miradas se cruzaron, provocando una conexión instantánea. Animado por sus amigos, se acercó a ella. Descubrieron gustos compartidos: los viajes, la buena música y las conversaciones genuinas. La risa de Celia era contagiosa, y Nic se sintió atraído por su calidez y su interés auténtico en los demás.

Celia López había construido su reputación como fotógrafa independiente, conocida por sus impresionantes piezas de viaje. Había pasado los últimos años documentando aventuras alrededor del mundo. A pesar de su éxito profesional, llevaba sus propias cicatrices emocionales. Una relación a largo plazo había terminado recientemente, dejándola, cuestionando sus elecciones y su futuro. El principio había estado lleno de emoción y sueños compartidos, pero el tiempo reveló caminos divergentes. Su expareja anhelaba estabilidad mientras que ella ansiaba aventura y nuevas experiencias. La ruptura la dejó preguntándose si priorizar su carrera había sido un error.

Su reciente desamor la hizo cautelosa. Se cuestionaba si su enfoque en la carrera le había costado oportunidades de encontrar un amor duradero, temiendo que su deseo de independencia siempre chocara con la necesidad de compromiso. Sin embargo, algo en Nic se sentía diferente. Su honestidad y la forma en que hablaba de sus hijos con tanta devoción la cautivaron. Su conversación fluyó sin esfuerzo, y al final de la noche, ambos sintieron una extraña familiaridad, como si se conocieran desde hacía mucho más tiempo que solo unas pocas horas.

Al regresar a Virginia, Nic no podía dejar de pensar en Celia. Su conexión había sido innegable y esperaba con ansias su próximo encuentro. Se mantuvieron en contacto a través de mensajes de texto y videollamadas, profundizando su vínculo. La personalidad vibrante de Celia y su espíritu aventurero fueron una fuente constante de alegría para Nic, que se encontraba sonriendo con más frecuencia que en años.

Sus conversaciones abarcaron todo, desde sus destinos de viaje favoritos hasta sus miedos y sueños más profundos. Compartieron sus historias de vida, riendo y a veces llorando por sus experiencias. Nic se abrió a Celia de manera que no lo había hecho con nadie más. La comprensión y la empatía de Celia lo hicieron sentir escuchado y valorado. De manera similar, Celia apreció el interés genuino de Nic en su vida y su apoyo inquebrantable a su carrera.

A pesar de la distancia física, hicieron esfuerzos por mantenerse conectados. Veían películas juntos por videollamadas, se enviaban paquetes de regalo con pequeñas sorpresas y hacían tiempo para noches de citas virtuales. Su comunicación fue constante, construyendo una base de confianza y transparencia. Nic admiraba la creatividad y la resiliencia de Celia, mientras que Celia respetaba la dedicación de Nic a sus hijos y su capacidad para hacer malabarismos con múltiples responsabilidades.

Con el tiempo, su vínculo se profundizó. Nic y Celia compartían sus esperanzas para el futuro, apoyando los sueños y aspiraciones del otro. Aprendieron a afrontar los desafíos de una relación a larga distancia, encontrando consuelo en su comunicación habitual y los pequeños gestos de amor que los mantenían conectados. Confiaban el uno en el otro, se contaban y respetaban los límites y las necesidades de cada uno.

Con el tiempo, la distancia no parecía tan abrumadora. Su relación se había fortalecido lo suficiente como para superar los desafíos que presentaba. Nic y Celia encontraron consuelo en el hecho de que estaban construyendo algo genuino y duradero, basado en la confianza y la comunicación.

Las responsabilidades de Nic con el trabajo y sus hijos hicieron que fuera difícil planificar otro viaje, pero dos meses después, finalmente organizó su regreso a Florida. La expectativa crecía para ambos, cada llamada y mensaje se sumaba a la emoción de su próximo reencuentro. Cuando Nic finalmente llegó a Florida, su primera cita oficial fue todo lo que habían esperado. Pasaron el día explorando lugares de interés local, compartiendo historias y disfrutando de la compañía mutua. La velada terminó con una cena romántica en la playa, donde contemplaron la puesta de sol y hablaron de sus esperanzas y sueños.

Para Nic, esta escapada de fin de semana se había convertido en algo mucho más significativo. Conocer a Celia había reavivado una chispa en su vida, dándole una sensación de esperanza y felicidad que no había sentido en mucho tiempo. Y para Celia, Nic fue un recordatorio de que el amor y la conexión se pueden encontrar en los lugares más inesperados.

La relación de Nic con Celia se basó en la confianza y la comunicación. Apoyaron los sueños y aspiraciones del otro, y su conexión se hizo más fuerte con el tiempo. Nic aprendió que la verdadera felicidad en una relación proviene de estar con alguien que lo valora por lo que es, no por lo que puede ofrecer.

Durante una visita a Virginia, Celia se sentó a la mesa de la cocina, mirando una oferta de su empresa en su computadora portátil. Era un ascenso de ensueño que prometía elevar su carrera, pero venía con una trampa: viajes frecuentes y la posibilidad de mudarse. Nic entró en la cocina, percibiendo su confusión.

—Oye, ¿ocurre algo? —preguntó, sentándose a su lado.

Celia suspiró, pasándose una mano por el cabello.

—Obtuve el ascenso. Es todo por lo que he trabajado, pero significa muchos viajes. Tal vez incluso mudarse.

Nic tomó su mano, su expresión pensativa.

—Esa es una noticia increíble, Celia. Estoy tan orgulloso de ti. ¿Por qué entonces esa mirada preocupada?

—No quiero alterar lo que tenemos —dijo Celia, con voz temblorosa. Te amo a ti y a los niños. Quiero estar aquí tanto como sea posible.

Nic le apretó la mano para tranquilizarla.

—Lo resolveremos juntos. Tal vez haya una manera de que funcione sin que tengas que sacrificar tu carrera o nuestra familia.

En las semanas siguientes, exploraron varias opciones. Celia habló con su superior sobre acuerdos laborales flexibles y consideró la logística de gestionar los viajes. También buscó el consejo de mentores que habían enfrentado desafíos similares. Finalmente, Celia tomó su decisión. Aceptó el ascenso, pero negoció un horario que le permitiera trabajar de forma remota parte del tiempo y limitar sus viajes. No fue fácil, pero fue un compromiso que honró tanto sus aspiraciones profesionales como su compromiso con su relación con Nic.

Cuando compartió la noticia con Nic y los niños, Celia sintió una sensación de alivio y emoción. Había encontrado una manera de perseguir sus sueños sin perder de vista lo que más importaba. Y con el apoyo inquebrantable de Nic, sabía que podrían superar cualquier desafío que se les presentara.

Celia tenía una carrera exitosa. Era automotivada y ferozmente independiente. Amaba profundamente a Nic y a sus hijos, imaginando un futuro en el que todos pudieran estar juntos. Sin embargo, la vacilación de Nic para comprometerse con el matrimonio la pesaba mucho. Sus experiencias con Camila lo habían hecho cauteloso a la hora de entablar otra relación seria.

Su relación con Nic era opuesta a la anterior. Ahora, ella era la que estaba dispuesta a sentar cabeza, mientras que Nic se mostraba reacio. La distancia física y emocional entre ellos era un desafío constante. Al vivir fuera del estado, a Celia le resultaba difícil mantener una conexión cercana con Nic, especialmente porque él no estaba listo para comprometerse. Su necesidad de tranquilidad y validación a menudo chocaba con la naturaleza cautelosa de Nic, lo que generaba tensión entre ellos.

Conocer a Nic había sido inesperado, un encuentro casual que reavivó su esperanza. En su relación anterior, había elegido seguir su floreciente carrera, no estaba lista para sentar cabeza. Esta vez, no quería sacrificar su relación con Nic por su carrera. Las inseguridades de Celia surgían de la renuencia de Nic a comprometerse con una relación a largo plazo. A pesar de su comunicación abierta, a menudo sentía que estaba en una relación unilateral, en la que ella estaba lista para comprometerse pero Nic se contenía. Se encontró identificando los sentimientos de su expareja, ahora entendía cómo se debió haber sentido él cuando ella no estaba lista para comprometerse. Esta nueva empatía se sumó a su confusión interna.

Ella y Nic, al estar en extremos opuestos, con frecuencia malinterpretaban las necesidades e intenciones del otro. Celia se sentía distante y sin apoyo, mientras que Nic se sentía presionado e inseguro. Buscando el consejo de amigos y familiares, ambos intentaron encontrar un equilibrio entre la necesidad de cercanía emocional de Celia y la necesidad de tiempo y espacio de Nic. A través de la comunicación abierta y el apoyo mutuo, Nic y Celia encontraron una manera de cumplir sus sueños individuales mientras construían un futuro juntos. Su relación se fortaleció, construida sobre una base de confianza y comprensión.

Celia se hundió en su sillón favorito, la suave tela era un abrazo reconfortante. Miró por la ventana, perdida en sus pensamientos. Su viaje había sido todo menos fácil. Las cicatrices de su relación pasada aún persistían y ensombrecían su presente con Nic. A pesar de sus esfuerzos por seguir adelante, surgieron momentos de duda e inseguridad.

Celia se sentó en el borde de su cama, sus dedos agarrando su teléfono como si fuera un salvavidas. El día había sido largo y agotador, y todo lo que ansiaba era el consuelo de la voz de Nic. Pero últimamente, sus conversaciones habían estado cargadas de tensión. Respiró profundamente y marcó su número, con el corazón acelerado.

—Hola, Nic —dijo suavemente cuando él respondió—. Te extraño.

—Yo también te extraño, Celia —respondió Nic, su voz una mezcla de calidez y cansancio—. Ha sido un día largo.

—Lo sé —dijo Celia, con la voz ligeramente temblorosa—. Solo deseo que pudiéramos vernos más a menudo. Esta distancia es realmente dura.

Nic suspiró, el sonido cargado de frustración.

—Sé que es duro. Pero con los niños y mi trabajo, es difícil encontrar el tiempo para viajar.

Celia tragó saliva, sintiendo un nudo en la garganta.

—Lo entiendo, pero necesito más de ti, Nic. Necesito saber que estamos avanzando hacia algo, que hay un futuro para nosotros.

Hubo un largo y doloroso silencio.

—Celia, me importas mucho, pero no estoy listo para comprometerme con el matrimonio ahora mismo. Mi pasado con Camila... todavía me afecta.

Las lágrimas escocieron los ojos de Celia.

—Lo entiendo, pero necesito que me tranquilices. Necesito saber que no estoy esperando algo que tal vez nunca suceda.

La voz de Nic se suavizó, llena de una ternura que le hizo doler el corazón.

—No quiero perderte, Celia. Hablemos más de esto cuando te visite el próximo fin de semana. Necesitamos encontrar una manera de que esto funcione para los dos.

Cuando terminó la llamada, Celia se sentó en silencio, sus emociones eran una mezcla turbulenta de esperanza y ansiedad. Amaba a Nic y a sus hijos, pero la incertidumbre la carcomía. Necesitaban encontrar una manera de superar la distancia, tanto física como emocional.

Decidida a sanar, Celia recurrió a la autorreflexión y la terapia. Con el apoyo inquebrantable de Nic, afrontó sus miedos de frente. Cada sesión de terapia fue quitando capas de dolor y revelando una mujer más fuerte y segura debajo. Comenzó a verse a sí misma bajo una nueva luz, lista para abrazar el futuro.

Integrarse en la familia de Nic tuvo sus desafíos. Los niños, especialmente Adrián, se habían mostrado cautelosos con ella. Hubo momentos tensos y malentendidos, pero Celia se mantuvo paciente y empática. Sabía que la confianza requeriría tiempo y un esfuerzo constante.

Poco a poco, su genuino interés y su personalidad cautivadora comenzaron a ganarse a los niños. Pasó tiempo con ellos, aprendiendo sobre sus intereses y encontrando formas de conectarse. Adrián, que había sido el más resistente, finalmente se encariñó con ella. Un día, incluso dijo:

—Desearía que mami fuera más como tú, Celia.

El corazón de Celia se llenó de emoción. Siempre había soñado con ser madre, y escuchar las palabras de Adrián se sintió como un sueño hecho realidad. Con paciencia y amor, había encontrado su lugar en la vida de Nic y en el corazón de sus hijos. Juntos, crearon una familia armoniosa, donde el amor y la comprensión salvaron las brechas del pasado. El camino de crecimiento personal de Celia y sus esfuerzos por construir un vínculo fuerte con los hijos de Nic dieron sus frutos, uniéndolos a todos.

La relación de Nic con Celia había sido un bálsamo para su corazón herido. Su comprensión y empatía le permitieron expresar sus sentimientos abiertamente, un paso significativo en su proceso de curación. A diferencia de Camila, Celia apreciaba a Nic por quién era, lo que le ayudó a reconstruir su autoestima.

Nic se sentó solo en el porche, el aire fresco de la tarde contrastaba marcadamente con el calor del día. Miraba un viejo álbum de fotos, hojeando páginas llenas de recuerdos de su vida con Camila. Las sonrisas en las fotos parecían un eco lejano de una época en la que las cosas eran más sencillas antes de las discusiones y la creciente distancia entre ellos. Se detuvo ante una foto del día de su boda, la sonrisa radiante de Camila y su propia expresión esperanzada mirándole. Recordó las promesas que se habían hecho y los sueños que habían compartido. Pero con el paso de los años, esos sueños se habían desvanecido, reemplazados por una realidad que estaba muy lejos de lo que había imaginado.

Nic suspiró y cerró el álbum. El miedo a repetir el pasado pesaba mucho sobre él. No quería cometer los mismos errores, no quería sentir la misma sensación de pérdida y decepción. Pero con Celia, las cosas eran diferentes. Su calidez y comprensión genuinas lo hicieron querer creer en el amor nuevamente, pero las cicatrices de su pasado lo detuvieron.

Compartían actividades que ambos disfrutaban, como caminar y explorar la naturaleza, lo que le devolvió la alegría y el sentido de aventura a la vida de Nic. Estas experiencias compartidas crearon recuerdos positivos y lo ayudaron a seguir adelante. La honestidad y la franqueza de Celia fomentaron una relación basada en la confianza, en marcado contraste con la falta de confianza que había experimentado con Camila. Saber que podía confiar en Celia lo hizo sentir seguro y valorado. Ella lo alentó a perseguir sus pasiones y sueños, lo motivó a explorar nuevas oportunidades y desarrollar sus intereses.

A través de su relación con Celia, Nic aprendió que el amor podía ser enriquecedor, solidario y basado en el respeto mutuo. Esta nueva perspectiva lo ayudó a dejar atrás el pasado y adoptar una visión más saludable y equilibrada de las relaciones. La profunda conexión que formó con Celia fue fundamental para su curación, mostrándole que era posible tener relaciones significativas y que merecía estar con alguien que realmente lo valorara.

La relación de Nic con Celia fue una experiencia transformadora que lo ayudó a sanar las heridas de su pasado y a encontrar la felicidad y la plenitud en una nueva relación de apoyo. Fue un testimonio del poder de la conexión genuina y de la importancia de estar con alguien que te aprecia y respeta por lo que eres.

A pesar de esta experiencia transformadora con Celia, Nic no quería asumir un compromiso a largo plazo. Sentía un profundo trauma por su pasado con Camila. Los recuerdos de la traición y las cicatrices emocionales seguían acechándolo, alimentando una constante sensación de trastorno de estrés postraumático que no le daba tregua. Nic sabía que necesitaba más tiempo para sanar por completo y recuperar la confianza que se había hecho añicos. Quería asegurarse de abordar esta nueva relación con cautela y cuidado, dándose el espacio para reconstruir su sensación de seguridad y confianza. Su reticencia no era un reflejo de sus sentimientos hacia Celia, sino más bien un paso necesario en su camino hacia la recuperación emocional completa. Esperaba que Celia tuviera paciencia y estuviera dispuesta a darle el tiempo que necesitaba para sanar, confiando en que su vínculo se fortalecería aún más con el tiempo.

CAPÍTULO 20

LA NUEVA REALIDAD: SEGUIR ADELANTE Y ENCONTRAR EL CIERRE

Camila caminaba de un lado a otro en su sala de estar, con la mente en un torbellino. Había escuchado rumores de que Nic tenía una nueva novia. La idea de que él siguiera adelante tan rápidamente la enfureció. A pesar de sus propias aventuras, siempre había asumido que Nic suspiraría por ella, su hermosa exesposa.

En un evento escolar para sus hijos, las sospechas de Camila se confirmaron. Observó cómo Nic llegaba con una mujer que no reconocía. La mujer reía, con su mano descansando casualmente en el brazo de Nic. El corazón de Camila se hundió, una mezcla de celos e indignación burbujeando dentro de ella. Una amiga en común notó que ella miraba fijamente y se inclinó para susurrarle:

—Esa es la nueva novia de Nic, Celia. Llevan unos meses saliendo.

Camila sintió una oleada de ira. ¿Cómo podía él seguir adelante tan fácilmente? La realización de que Nic había encontrado la felicidad con alguien más le dolió profundamente. Siempre había creído que él estaría ahí, esperándola, a pesar de todo. Ver a Nic con Celia la llenó de un sentido de traición, como si su lugar en su historia compartida estuviera siendo borrado.

Más tarde esa noche, cuando el sol se hundía en el horizonte, Camila se paró en el porche de Nic con una mezcla de determinación y vulnerabilidad. Su corazón latía con fuerza mientras luchaba por enmascarar sus sentimientos de haber sido reemplazada por Celia. Ahora, cara a cara con el hombre que una vez lo había sido todo para ella, Camila sintió una extraña mezcla de ira y liberación, lista para desenterrar la verdad y finalmente cerrar este doloroso capítulo.

—Nic, necesitamos hablar —exigió, con la voz temblando de rabia.

Nic suspiró, anticipando la confrontación.

—¿Qué pasa, Camila?

—¿Quién es ella? —escupió Camila. ¿Quién es esta mujer con la que has estado paseándote?

Nic respiró hondo, tratando de mantener la calma.

—Se llama Celia. Llevamos un tiempo saliendo.

—¿Cómo pudiste? —la voz de Camila se quebró—. Nunca pensé que seguirías adelante tan rápido.

La paciencia de Nic se estaba agotando.

—Camila, tú tuviste tus affaires. Seguiste adelante mucho antes de que nuestro matrimonio terminara. ¿Por qué es tan difícil aceptar que yo estoy haciendo lo mismo?

Camila guardó silencio por un momento, dejando que la verdad de las palabras de Nic se asentara. Siempre había asumido que él estaría ahí, esperándola, a pesar de todo.

—Es solo que... nunca pensé que realmente seguirías adelante —admitió, con la voz ahora más suave.

La expresión de Nic se suavizó con empatía.

—Camila, siempre me preocuparé por ti. Eres la madre de mis hijos, pero ambos necesitamos seguir adelante. Aferrarse al pasado no está ayudando a nadie, especialmente a los niños. Ellos necesitan que les mostremos que la vida sigue y que podemos encontrar la felicidad de nuevo. Nuestra relación ha cambiado; ya no somos compañeros de vida, sino que compartimos la responsabilidad de criar a Adrián y Celina. Necesitamos establecer límites y respetar los roles de cada uno en la vida de los niños. Aunque siempre estaremos conectados a través de ellos, nuestros caminos ahora están separados. Es hora de que ambos aceptemos eso y nos enfoquemos en ser los mejores padres que podamos ser.

Camila respiró hondo, la oleada inicial de ira se disipaba en un dolor sordo. Se dio cuenta de que esta confrontación no se trataba solo de Celia, sino de los sentimientos no resueltos que aún persistían entre ellos. Había arrepentimientos persistentes y posibilidades no realizadas: los momentos de conexión que habían compartido antes de que su relación se deteriorara, los sueños que habían construido juntos y que nunca se realizaron, y la culpa y el dolor que acompañaban sus traiciones. Ambos seguían siendo perseguidos por los recuerdos de lo que podría haber sido, luchando por dejar ir completamente y aceptar sus futuros separados.

Mientras continuaban hablando, Nic mencionó.

—Los niños y yo nos vamos de minivacaciones este fin de semana.

—¿De vacaciones? ¿A dónde? Las cejas de Camila se levantaron con sorpresa.

—Nos vamos de camping. Y.... bueno, Celia viene con nosotros —dudó Nic antes de responder.

La sorpresa y la ira se reflejaron en el rostro de Camila.

—¿Tu novia? ¿Y te llevas a mis hijos de vacaciones con ella?

Permaneciendo tranquilo, Nic asintió.

—Sí, Camila. A los niños les gusta ella, y creo que será bueno para ellos pasar un tiempo juntos.

La ira de Camila volvió a encenderse.

—¿Gustar? ¿Cómo pueden querer alguien más haciendo de mamá? —su voz se quebró con una mezcla de celos y desesperación—. ¿Realmente crees que ella puede ocupar mi lugar? ¿Crees que puede amarlos como yo lo hago? ¿Cómo puedes estar tan seguro de que no les hará daño?

Nic suspiró, tratando de mantener la compostura.

—Camila, nadie está tratando de reemplazarte. Celia solo está tratando de ser una presencia positiva en sus vidas. Es importante para mí y me hace feliz.

Las lágrimas comenzaron a formarse en los ojos de Camila.

—¿Cómo puedes decir eso? Tú sigues adelante con tu vida, y yo aún estoy tratando de arreglar la mía. No es justo.

Suavizando su tono, Nic se acercó.

—Entiendo que esto sea difícil para ti, pero los niños necesitan estabilidad y felicidad. Merecen tener experiencias positivas, incluso si eso significa incluir a Celia. No puedo poner mi vida en pausa para siempre. Yo también necesito seguir adelante.

Camila respiró hondo, la oleada inicial de ira se disipaba en un dolor sordo. Se dio cuenta de que esta confrontación no se trataba solo de Celia, sino de los sentimientos no resueltos que aún persistían entre ellos.

—Siento que me has expulsado de mi hogar y de mi familia. Esto no es lo que quería. Me forzaste al divorcio, sin darme elección sobre lo que quería. Siempre pensé que nuestra separación sería temporal. Pensé que encontraríamos una forma de volver a estar juntos. Ver cómo te sientes por Celia... aplasta cualquier esperanza de reconciliación.

El rostro de Nic se suavizó con comprensión, pero se mantuvo firme.

—Camila, entiendo cómo te sientes, pero la realidad es que nuestra relación estaba rota mucho antes de que Celia entrara en la escena. Ambos cometimos errores, y ambos tenemos que vivir con las consecuencias. Forzarnos a volver a una relación que no funcionaba solo nos haría más daño a nosotros y a los niños. Seguir adelante es lo mejor que podemos hacer por nosotros mismos y por ellos.

La voz de Nic se endureció.

—Camila, esto no se trata de reemplazarte. Se trata de darles a los niños un sentido de normalidad y alegría. Necesitan ver que la vida aún puede ser buena, incluso después de todo lo que ha pasado.

Los hombros de Camila se hundieron mientras comenzaba a sollozar.

—Siento que los estoy perdiendo, Nic. Primero te pierdo a ti, y ahora mis hijos también se están alejando.

Suavemente, Nic puso una mano en su hombro.

—No los estás perdiendo, Camila. Pero necesitas aceptar que las cosas han cambiado. Lo mejor que puedes hacer es estar ahí para ellos y mostrarles que estás comprometida a ser una mejor madre.

Secándose las lágrimas, Camila asintió.

—Lo estoy intentando, Nic. Realmente lo estoy haciendo. Pero es tan difícil.

Nic asintió con comprensión.

—Lo sé. Pero tienes que seguir intentándolo. Por el bien de ellos.

Tomando una respiración profunda, Camila se tranquilizó.

—Está bien. Pero por favor, no me empujes completamente fuera de sus vidas.

La voz de Nic se suavizó aún más.

—No lo haré, Camila. Pero necesitas encontrar un punto medio conmigo.

Con una mirada decidida, Camila prometió,

—Lo intentaré. Lo prometo.

Mientras Camila conducía de regreso a casa, sus pensamientos se arremolinaban con una mezcla de emociones. Se dio cuenta de lo mucho que había esperado una reconciliación con Nic y ver que él era genuinamente feliz con Celia dolió más de lo que había anticipado. Sin embargo, había una parte de ella que entendía la necesidad de seguir adelante y aceptar las nuevas dinámicas de sus vidas. Juró enfocarse en ser la mejor madre que pudiera ser, y darle a la nueva relación de Nic el espacio que necesitaba para crecer.

Observando el carro de Camila desaparecer por el camino, Nic se sintió esperanzado. Era optimista de que esta conversación marcaba el comienzo de un nuevo capítulo en el que Camila pudiera aceptar su relación con Celia, no solo por su bien, sino por el de los niños. El camino por delante indudablemente tendría sus desafíos, pero con paciencia y comprensión, Nic tenía la esperanza de que todos pudieran encontrar una manera de coexistir armoniosamente.

Durante la siguiente visita de Celia a Virginia, Adrián se sentó en el sofá, con los ojos pegados a su videojuego, apenas reconociendo a Celia cuando entró en la habitación. Celina, por otro lado, corrió hacia Celia con una sonrisa brillante.

—¡Hola, Celia! ¿Trajiste las galletas que prometiste? —preguntó Celina, con los ojos muy abiertos por la emoción.

Celia se arrodilló al nivel de Celina, sacando una pequeña lata de su bolso.

—¡Por supuesto que sí! Con chispas de chocolate, tal como te gustan a ti.

Celina aplaudió con alegría, pero Adrián permaneció en silencio, sus dedos golpeando furiosamente el control. Celia lo miró, su sonrisa vaciló ligeramente.

—Adrián, estaba pensando que podríamos ir todos al parque más tarde. ¿Qué te parece? —preguntó Celia, intentando hablar con él.

Adrián se encogió de hombros, sin levantar la vista.

—Como sea.

Nic, que observaba desde la puerta, suspiró y se acercó a su hijo.

—Oye, amigo, dale una oportunidad. Podría ser divertido.

Adrián finalmente levantó la vista y sus ojos se encontraron con los de Celia. Había un destello de algo, curiosidad tal vez, pero rápidamente lo ocultó con indiferencia.

—Está bien. Iré.

Celina, ajena a la tensión, agarró la mano de Celia.

—¡Vamos ahora! ¡Quiero mostrarte los columpios!

Mientras salían, Nic puso una mano tranquilizadora sobre el hombro de Celia.

—Tomará tiempo, pero se acostumbrarán.

Celia asintió y volvió a sonreír mientras apretaba la mano de Nic.

—Eso espero.

Celia comprendió que su papel en la vida de Nic no era solo el de compañera, sino el de ser una presencia de apoyo para sus hijos. Estaba decidida a generar confianza y crear un entorno armonioso donde Adrián y Celina pudieran sentirse seguros y amados. Su camino con Nic consistía en fusionar sus vidas respetando el pasado y abrazando el futuro.

La nueva realidad a la que se enfrentaban era de cambio y adaptación. Camila, Nic y Celia habían dado pasos importantes para encontrar un cierre y dejar atrás su tumultuoso pasado. En medio de sus luchas, compartían el compromiso de proporcionar un entorno estable y amoroso para los niños. Cada uno de ellos sabía que el camino que les aguardaba requeriría un esfuerzo continuo, comprensión y la voluntad de dejar atrás el pasado.

Mientras recorrían este nuevo capítulo de sus vidas, Camila, Nic y Celia encontraron consuelo al darse cuenta de que seguir adelante no significaba olvidar. Significaba aceptar las lecciones aprendidas, encontrar la paz en los nuevos comienzos y fomentar un futuro en el que sus hijos pudieran prosperar. Juntos, aunque en caminos separados, estaban decididos a crear una realidad en la que la felicidad y el cierre no solo fueran posibles, sino que estuvieran a su alcance.

CAPÍTULO 21
ENTRE DOS MUNDOS

La relación de Celia con Nic estaba llena de amor y apoyo. Sin embargo, Camila, la exesposa de Nic y madre biológica de los niños, la complicaba. En los eventos escolares, Nic siempre le daba a Camila el lugar que le correspondía, reconociendo su papel en la vida de sus hijos. Si bien Celia entendía y respetaba esto, a menudo la dejaba con una sensación de ostracismo y celos.

De pie al borde del patio de recreo, Celia giraba nerviosamente la correa de su bolso. Observaba cómo Nic y Camila conversaban animadamente con los otros padres, sus risas resonando por todo el patio. Celia forzó una sonrisa cuando Adrián le saludó, pero por dentro, se sentía como una intrusa en su propia vida. Cada vez que Nic asistía a eventos escolares donde Camila estaba presente, Celia no podía evitar sentir una punzada de inseguridad. Sabía que las acciones de Nic eran por respeto a la posición de Camila como madre de los niños, pero eso no hacía la situación más fácil. Se sentía como una extraña, luchando por encontrar su lugar en la dinámica familiar.

A pesar de estos sentimientos, Celia se mantuvo comprometida en construir un vínculo fuerte con los hijos de Nic. Continuó siendo atenta y solidaria, incluso cuando era difícil. El comentario de Adrián sobre desear que su madre fuera más como ella fue un recordatorio agridulce del impacto que estaba teniendo, aunque no siempre fuera visible. Celia entendía que integrarse en esta familia significaba caminar por la cuerda floja entre ser una pareja solidaria para Nic y respetar el papel de Camila. A menudo se sentía atrapada en el medio, esforzándose por crear un ambiente armonioso para los niños mientras gestionaba sus propios sentimientos de celos y aislamiento.

Cada sonrisa de los niños y cada pequeño momento de conexión le daban esperanza, pero la tensión subyacente nunca desaparecía por completo. Celia anhelaba aceptación, no solo de Nic y los niños, sino de toda la dinámica familiar. Esperaba que, con el tiempo, su dedicación y amor ayudarían a cerrar la brecha, permitiéndole encontrar su lugar y sentirse verdaderamente en casa.

Celia y Nic tuvieron muchas conversaciones sobre estos sentimientos. Una noche en casa, Celia confesó:

—Sé que solo estás tratando de ser respetuoso con Camila, pero a veces siento que soy invisible cuando ella está cerca.

—Lo siento, Celia. Nunca quiero que te sientas así. Es solo un poco... complicado. Camila es la madre de los niños, y no quiero menospreciar su papel —explicó Nic.

—Lo entiendo, pero ¿dónde me deja eso a mí? Estoy intentando tanto ser parte de esta familia, pero siento que siempre estoy fuera mirando hacia adentro —dijo Celia, con la voz llena de frustración.

—No estás fuera. Eres una parte crucial de esta familia. Lo resolveremos juntos, te lo prometo —le aseguró Nic.

A través de la comunicación abierta y el apoyo mutuo, Celia y Nic navegaron las complejidades de su familia ensamblada. No siempre fue fácil, pero su dedicación el uno al otro y a los niños les ayudó a superar los obstáculos. El viaje de crecimiento personal de Celia y sus esfuerzos para integrarse en la familia continuaron, acercándolos a todos.

Celia se quedó despierta esa noche, mirando el techo. Repasaba los eventos del día en su mente, la forma en que los ojos de Nic se iluminaban cuando veía a Camila, la forma en que parecía olvidar que ella estaba allí. Amaba a Nic y a los niños, pero a veces se preguntaba si alguna vez pertenecería verdaderamente a esta familia.

Nic sentía que estaba entre dos mundos. Camila a menudo se quejaba de sentirse como una extraña en la vida de sus hijos ahora que tenían una 'madrastra'. Esto añadía otra capa de complejidad a la ya desafiante situación de Nic. Se encontraba atrapado entre tratar de honrar el papel de Camila como madre de los niños y apoyar a Celia mientras se integraba en su familia.

Camila luchaba con el hecho de que los niños siempre hablaban de Celia. Sus celos crecían, esperando secretamente que si las cosas se volvían demasiado difíciles para Celia, ella y Nic se separarían. Camila socavaba a Celia a propósito, haciendo comentarios sutiles a los niños y a Nic que ponían en duda el lugar de Celia en sus vidas.

Una noche, Camila confrontó a Nic, con la voz teñida de dolor.

—Escuché a Adrián decirle a Celina que desearía que yo fuera más como Celia. ¿Estás tratando de reemplazarme? —los ojos de Camila estaban llenos de dolor.

—No, Camila. Celia solo está tratando de ser solidaria. Adrián no lo dijo en ese sentido —respondió Nic, tratando de calmar la situación.

—No se siente así. Soy su madre, Nic. No debería tener que competir por su afecto —insistió Camila. ¿Por qué Celia tiene que asistir a los eventos de los niños? Estoy aquí para apoyarlos. Todo lo que necesitan es a su madre y a su padre.

—No estás compitiendo. Los niños nos quieren a ambos. Necesitamos encontrar una manera de hacer que esto funcione sin que nadie se sienta excluido —dijo Nic, esperando encontrar una solución.

El corazón de Camila dolía con una mezcla de celos y tristeza. Sentía como si estuviera siendo reemplazada, su papel como madre de los niños disminuyendo en presencia de Celia. A pesar de las palabras de Nic, el miedo de perder el afecto de sus hijos persistía. Se dio cuenta de que navegar en esta nueva realidad requería que aceptara los cambios y encontrara una manera de coexistir, pero el camino por delante parecía desalentador e incierto. Camila no pudo evitar reflexionar sobre el pasado, deseando haber sabido que sus acciones de años atrás llevarían a consecuencias tan difíciles. Ahora enfrentaba el desafío de avanzar y encontrar su lugar dentro de esta dinámica familiar alterada.

Nic observaba a Celia desde el otro lado de la habitación, su sonrisa forzada no llegaba a sus ojos. Sabía que ella estaba luchando, y eso lo destrozaba. La amaba profundamente, pero equilibrar las necesidades de sus hijos, Camila y Celia parecía una tarea imposible. Solo esperaba encontrar una manera de hacer que todos se sintieran valorados.

La tensión constante dejaba a Nic cuestionando si la relación valía la pena. Amaba profundamente a Celia, pero lidiar con el tumulto emocional de ambas mujeres era agotador. A menudo pensaba para sí mismo: *Si tan solo hubiera un manual para esto.*

A pesar de estos desafíos, Nic sabía que la comunicación abierta era clave. Tenía conversaciones honestas tanto con Camila como con Celia, tratando de abordar sus preocupaciones y encontrar un equilibrio. Reafirmaba a Camila que su lugar en la vida de los niños era insustituible, mientras apoyaba a Celia en sus esfuerzos por construir un vínculo fuerte con los niños.

A través de estos esfuerzos, Nic esperaba crear un ambiente armonioso para todos los involucrados. No era fácil, pero su compromiso con su familia y su amor por Celia lo mantenían en marcha. Creía que con paciencia y comprensión, podrían navegar las complejidades de su familia ensamblada y encontrar una manera de coexistir pacíficamente.

A medida que continuaban navegando por este viaje, cada paso traía sus propios desafíos y triunfos. Para Camila, se trataba de dejar atrás el pasado y abrazar su rol como madre compartida. Para Celia, se trataba de encontrar su lugar en una familia que no era originalmente suya, mientras construía relaciones fuertes con Nic y sus hijos. Y para Nic, se trataba de equilibrar estas dinámicas con compasión y paciencia.

Al final, sus esfuerzos comenzaron a dar frutos. Pequeños momentos de risa, alegrías compartidas y conversaciones sinceras se volvieron más frecuentes. El camino no estaba exento de obstáculos, pero juntos encontraron una manera de hacer que funcionara. La nueva realidad de sus vidas podía ser compleja, pero también estaba llena de esperanza y la promesa de un futuro más brillante para todos los involucrados.

CAPÍTULO 22

PROSPERANDO POR SEPARADO

Nic se encontraba en el umbral de un nuevo capítulo en su vida. Los ecos de su pasado aún persistían, pero ya no lo definían. Su decisión de dejar de beber, centrarse en su carrera e invertir en la superación personal marcó el comienzo de un viaje transformador. Estaba decidido a reconstruir su vida no solo para él mismo, sino también para sus hijos, que merecían un hogar estable y lleno de amor.

De pie en la puerta de su casa recientemente renovada, Nic sintió una sensación de orgullo. La casa, que alguna vez estuvo llena de tensión y conflicto, ahora irradiaba calidez y positividad. Las paredes estaban pintadas de colores suaves y acogedores, y las habitaciones estaban llenas de luz y risas. Después de la separación, Nic tomó la decisión consciente de cambiar su vida. Dejó de beber, se centró en su carrera e invirtió tiempo en la superación personal. Estos cambios fueron difíciles, pero necesarios para crear una vida mejor para sus hijos y para él mismo.

Una noche, mientras estaba sentado en la oficina de su casa, Nic recibió un correo electrónico de su jefe. Lo habían seleccionado para dirigir un proyecto importante, un testimonio de sus habilidades y liderazgo. Fue un momento de triunfo que simbolizó lo lejos que había llegado. Los pensamientos de Nic se dirigieron al pasado, a los años de lucha y conflicto con Camila. Era como si la relación lo hubiera estado oprimiendo, nublando su vida con energía negativa. Pero ahora, la casa era un lugar de sanación y crecimiento, un santuario para él y sus hijos.

Mientras caminaba por la casa, Nic sintió una sensación de paz. La risa de sus hijos resonó por los pasillos, un recordatorio de la alegría y el amor que llenaban sus vidas. Sabía que el viaje estaba lejos de terminar, pero estaba listo para enfrentar lo que viniera después con fuerza y resiliencia.

Nic salió a la noche, el aire fresco contra su piel. Miró la casa, su valor se había duplicado, no solo en términos monetarios, sino en la felicidad y estabilidad que representaba. Había creado un nuevo comienzo para su familia y estaba orgulloso del hombre en el que se había convertido.

Sentado en la oficina de su casa, revisando la última tasación de su hogar, Nic reflexionó sobre lo lejos que había llegado. El valor se había duplicado desde que lo compró, un testimonio de las mejoras que había hecho y del próspero vecindario. Su posición financiera nunca había sido mejor. El ascenso que recibió en el trabajo vino acompañado de un aumento significativo, lo que le permitió invertir en el futuro de sus hijos y asegurar su estabilidad financiera.

Nic se dio cuenta de que la separación de Camila había sido un punto de inflexión. Sin el estrés constante de manejar sus crisis, se había centrado en su carrera y su crecimiento personal. Su relación los había frenado a ambos.

Nic se acostumbró a manejar las crisis de Camila, lo que en retrospectiva era lidiar con una relación tóxica. Su amor por Camila lo llevó a permitir sus comportamientos negativos. Siempre que ella se encontraba en problemas, después de una noche de beber mucho o de descuidar las tareas del hogar, Nic estaba allí para rescatarla. La recogía en los bares, se ocupaba de las tareas del hogar que ella ignoraba y la protegía de las consecuencias de sus acciones. Esto le permitió a Camila evitar enfrentar las repercusiones de su comportamiento, atrofiando su crecimiento y evitando que se hiciera responsable de su vida.

Camila se volvió cada vez más dependiente de Nic para solucionar sus problemas. Sabiendo que él siempre arreglaría el desorden, ella continuó con sus acciones autodestructivas. Este ciclo dejó a Nic emocional y físicamente agotado, incapaz de concentrarse en sus propias necesidades y aspiraciones. El agotamiento afectó su desempeño en el trabajo y su capacidad de estar completamente presente para sus hijos, Adrián y Celina. El peso de los problemas de Camila se convirtió en una carga que Nic llevó solo, dejándolo agotado y abrumado.

Camila estaba resentida por el estilo de vida suburbano y las responsabilidades que conllevaba. Su insatisfacción e inquietud crearon una atmósfera negativa en el hogar, lo que tensó aún más su relación. Se sentía atrapada y asfixiada por las expectativas que se depositaban sobre ella, lo que la llevó a comportarse de manera más imprudente como una forma de escape. El hogar, que alguna vez fue un lugar de comodidad, se convirtió en un campo de batalla de resentimientos tácitos y necesidades insatisfechas.

Su relación estaba desequilibrada y carecía de apoyo y comprensión mutuos. Nic siempre era el cuidador, el que mantenía todo en orden, mientras que Camila era la que necesitaba cuidados. Este desequilibrio creó resentimiento en ambas partes. Nic se sentía poco apreciado y sobrecargado, y sus esfuerzos por mantener la estabilidad pasaban desapercibidos. Camila se sentía controlada e incomprendida; sus gritos de ayuda se veían enmascarados por sus acciones destructivas.

Centrados en gestionar las crisis inmediatas, tanto Nic como Camila perdieron oportunidades de crecimiento y realización personal. Estaban atrapados en un ciclo de disfunción que les impedía alcanzar su potencial. La lucha constante contra el fuego no dejó espacio para la autorreflexión o la mejora, y los atrapó en una dinámica tóxica de la que ninguno sabía cómo escapar.

El viaje de Nic para dejarse llevar y redescubrirse a sí mismo marcó el final de un capítulo tumultuoso. Al cortar los lazos de una relación tóxica, encontró el espacio para sanar y crecer. Su enfoque en crear un entorno estable y amoroso para sus hijos se convirtió en su nuevo propósito. Con cada paso adelante, Nic abrazó las posibilidades de un futuro más brillante, listo para enfrentar los desafíos que se avecinaban con resiliencia y esperanza.

Camila se paró en el borde del parque donde ella y Nic habían compartido incontables momentos, tanto amargos como dulces. El aire estaba cargado de recuerdos de su relación tóxica, un vínculo que alguna vez había parecido inquebrantable pero que finalmente los había asfixiado a ambos. Su separación había sido dolorosa pero necesaria, permitiéndoles crecer individualmente y encontrar sus propios caminos.

Al reflexionar sobre su pasado, Camila se dio cuenta de cómo sus problemas se habían entrelazado, creando una dinámica venenosa que sacaba lo peor de cada uno. Ahora, con la claridad que le proporcionaban el tiempo y la distancia, veía su ruptura como un catalizador para el crecimiento personal, transformando sus vidas de maneras que nunca imaginaron.

Sentada en la mesa de su cocina, con una pila de facturas y estados financieros esparcidos frente a ella, Camila sintió una sensación de control. Los números, alguna vez intimidantes, ahora representaban empoderamiento. Había tomado un curso de asesoría financiera y había aprendido a administrar su dinero. No fue fácil, pero fue fortalecedor.

Al mirar su último estado de cuenta bancario, sonrió. Por primera vez en años, tenía una cuenta de ahorros con un saldo creciente. Camila había pagado su deuda de tarjeta de crédito y estaba en camino de pagar el préstamo de su automóvil. La sensación de logro era inmensa. Su teléfono vibró con un mensaje de su asesor financiero, felicitándola por alcanzar su meta de ahorro. Sintió una oleada de orgullo. Lo había hecho por sí sola, sin depender de Nic para que la rescatara.

Lo que más la enorgullecía era su capacidad de comprar su propia casa. Ya no tenía que alquilar; ahora tenía una pequeña casa donde cada niño tenía su propio dormitorio y más espacio para jugar. Era un símbolo tangible de su independencia y crecimiento. Camila había creado un entorno estable y amoroso para sus hijos, demostrándose a sí misma que era capaz de crear una nueva vida para ellos.

De pie en el borde de su propiedad, sintió una sensación de orgullo y logro. Su camino había estado lleno de desafíos, pero había emergido más fuerte y resiliente, lista para afrontar el futuro con confianza.

La separación nunca es fácil, pero a veces se convierte en el catalizador de un profundo crecimiento y transformación personal. Para Nic y Camila, separarse fue un paso doloroso pero necesario para liberarse del ciclo tóxico que había consumido su relación. La separación les permitió a ambos descubrir sus fortalezas, centrarse en la superación personal y crear una vida mejor para ellos y sus hijos.

Una noche, mientras intercambiaban a sus hijos durante el fin de semana, Camila y Nic tuvieron una breve conversación.

—Sabes, es irónico —dijo Camila, con un atisbo de sonrisa en los labios. Luchamos mucho juntos, pero a los dos nos ha ido mejor por nuestra cuenta.

Nic asintió, con una expresión pensativa en su rostro.

—Supongo que nos estábamos permitiendo mutuamente lo peor. ¿Recuerdas cómo solíamos discutir sobre dinero todo el tiempo? Parece que fue hace una vida.

Camila suspiró, sus ojos reflejaban una mezcla de arrepentimiento y comprensión.

—Sí, lo recuerdo. Yo era tan irresponsable con nuestras finanzas, y tú siempre intentabas arreglarlo todo. No fue justo para ti ni para los niños.

Nic la miró y su mirada se suavizó.

—Ambos cometimos errores. Pensé que estaba ayudando al asumir todas las cargas, pero solo estaba empeorando las cosas. Tuve que separarme para darme cuenta de eso.

Camila asintió y se transmitió entre ellos una sensación de comprensión mutua.

—Me alegro de que ahora ambos estemos bien. Por el bien de los niños y por nosotros mismos. La terapia me ayudó a ver mis patrones y a trabajar en ellos. He aprendido a valerme por mí misma.

Nic sonrió y había una calidez genuina en sus ojos.

—Y también he aprendido a centrarme en mi propio crecimiento. Liderar ese proyecto en el trabajo y obtener el ascenso fue un punto de inflexión para mí. Me mostró de lo que soy capaz cuando no estoy constantemente estresado.

La sonrisa de Camila se ensanchó.

—Hemos recorrido un largo camino, ¿no? Estoy orgullosa de nosotros. Ambos hemos crecido mucho.

Nic asintió y sintió una sensación de cierre.

—Yo también. Hemos creado mejores vidas para nosotros y para los niños. No fue fácil, pero valió la pena.

Al separarse, ambos sintieron una sensación de paz. Habían encontrado su camino hacia la independencia financiera y la responsabilidad personal y, al hacerlo, habían descubierto sus propias fortalezas. Su separación había sido un catalizador para el crecimiento, permitiéndoles florecer de maneras que nunca hubieran podido hacerlo juntos.

CAPÍTULO 23
UN NUEVO COMIENZO

La relación de Nic y Celia floreció después de una época de angustia y desilusión, un testimonio de su resiliencia y del poder de los nuevos comienzos. Desde su primer encuentro en el bar de la playa, hubo una conexión innegable, una chispa que ninguno de los dos podía ignorar. Con el tiempo, su vínculo se profundizó y evolucionó hacia una relación basada en la confianza, el respeto y el apoyo mutuo.

Al principio, Nic se mostraba reacio a comprometerse, atormentado por el trauma de su pasado. Mientras Celia estaba lista para llevar su relación al siguiente nivel, Nic necesitaba tiempo para sanar por completo. Esta diferencia creó tensión, pero la paciencia y la comprensión de Celia le permitieron a Nic procesar sus sentimientos a su propio ritmo.

Mientras Nic se recuperaba de su pasado, se abrió a Celia de maneras que no había hecho con nadie más. La empatía de Celia le proporcionó un espacio seguro para expresar sus miedos y vulnerabilidades. Ella lo apoyó durante los desafíos, ofreciéndole un aliento inquebrantable. Juntos, navegaron por las complejidades de fusionar sus vidas, encontrando alegría en los pequeños momentos y fortaleza en sus experiencias compartidas.

La relación de Celia con Adrián y Celina también floreció. Se dedicó a construir una conexión positiva con ellos, respetando los roles de Nic y Camila mientras creaba su propio lugar especial en sus corazones. Al principio, los niños se mostraron cautelosos, pero poco a poco fueron abriendo sus corazones a Celia. Su paciencia y cuidado genuino construyeron un puente entre ellos, cultivando un sentido de confianza y aceptación mutua. Comenzaron a verla como una presencia significativa y positiva en sus vidas, lo que contribuyó a la felicidad de la familia.

Su amor por los viajes y la aventura los acercó, creando recuerdos duraderos y fortaleciendo su vínculo. Desde escapadas de fin de semana hasta explorar nuevos lugares, descubrieron el mundo juntos, cada viaje un testimonio de su compromiso de construir un futuro lleno de amor y felicidad.

La casa de Nic y Celia se convirtió en un santuario de calidez y risas. Crearon un espacio donde el amor prosperaba, donde cada rincón reflejaba sus sueños y aspiraciones compartidas. Su relación estaba lejos de ser perfecta, pero era real y se basaba en un profundo entendimiento del pasado y las esperanzas de cada uno para el futuro.

A medida que pasaban los años, los temores de Nic comenzaron a desvanecerse. Se dio cuenta de que su renuencia tenía su raíz en el dolor del pasado y encontró el coraje para comprometerse plenamente con Celia. Rodeados de familiares y amigos cercanos, intercambiaron votos y prometieron apoyarse mutuamente en los altibajos de la vida. Este nuevo capítulo en la vida de Nic simbolizó su curación completa del trauma de la traición. Había encontrado el amor nuevamente, construido sobre una base de confianza y respeto mutuo.

El matrimonio de Nic con Celia demostró que incluso después de los momentos más oscuros, uno puede encontrar la luz y el amor nuevamente. Su relación con Celia floreció a medida que se volvió más disponible y abierto emocionalmente. Podía ser un mejor compañero y padre, libre de las sombras de su pasado. Perdonar a Camila no significaba olvidar lo que había sucedido, sino elegir centrarse en los aspectos positivos de su vida y el amor que había encontrado.

Celia y Camila nunca serían las mejores amigas, pero aprendieron a trabajar cordialmente por el bien de los niños. Sus interacciones, aunque inicialmente incómodas, gradualmente encontraron un ritmo. Se comunicaban claramente sobre los horarios y los eventos, lo que garantizaba que Adrián y Celina se sintieran apoyados y amados por ambas familias.

Nic ya no se sentía como si estuviera a caballo entre dos mundos. La tensión inicial entre Celia y Camila se había suavizado hasta convertirse en un entendimiento mutuo. Ambas mujeres reconocieron la importancia de sus roles en la vida de los niños y trabajaron para mantener una relación respetuosa y cooperativa. Esta nueva armonía trajo una sensación de alivio y estabilidad a Nic, lo que le permitió abrazar plenamente su vida con Celia sin la atracción constante de conflictos no resueltos.

Juntos, crearon un entorno donde los niños podían prosperar, rodeados de amor y comprensión de ambas partes. Esta dinámica de crianza cooperativa fue un testimonio de su compromiso compartido con el bienestar de Adrián y Celina, lo que demostró que incluso las relaciones complejas podían evolucionar hacia un sistema equilibrado y de apoyo.

Nic y Celia continuaron apoyando el crecimiento del otro. Enfrentaron los desafíos con gracia, celebraron los éxitos con alegría y sortearon las incertidumbres de la vida con una fe inquebrantable en su amor. Su camino fue un testimonio del poder transformador de la compasión, la comprensión y la creencia de que, incluso después de los momentos más oscuros, siempre existe la posibilidad de un mañana más brillante.

La historia de Nic y Celia fue una de resiliencia, amor y dedicación inquebrantable para construir una vida juntos. Su camino estuvo marcado por desafíos y crecimiento, pero, a pesar de todo, hallaron fuerza en su unión. Juntos, firmes el uno al lado del otro, listos para enfrentar lo que el futuro les deparara, sabían que su amor había sido forjado en la adversidad, lo que lo hacía aún más profundo y valioso.

Con sus hijos, Adrián y Celina, abrazando felizmente la nueva dinámica familiar y la relación armoniosa con Camila, esperaban un futuro lleno de esperanza, alegría y posibilidades infinitas.

CAPÍTULO 24
ABRAZANDO EL AUTO PERDON

Camila sentada sola en su casa, atormentada por los errores del pasado y el recuerdo de Nic, quien una vez la había amado incondicionalmente. Su vida se había convertido en una serie de relaciones fugaces, cada una más desilusionante que la anterior. Sus luchas con la culpa y la autoestima hicieron que sus relaciones se desmoronaran. Observaba a sus amigos construir vidas significativas mientras ella permanecía atrapada en conexiones superficiales, sus decisiones pasadas eran una cadena alrededor de su cuello. A pesar de la terapia y los grupos de apoyo, el arrepentimiento seguía siendo su compañero constante.

Cuando se enteró del matrimonio de Nic y Celia, una avalancha de emociones la abrumó. La noticia fue un recordatorio contundente de lo que había perdido. Los celos, el dolor y el resentimiento se mezclaban con una profunda sensación de fracaso. Camila sabía que Nic había encontrado la estabilidad y la felicidad que ella había saboteado una vez. La idea de que Celia asumiera un papel que ella una vez tuvo fue una píldora amarga de tragar.

La mente de Camila revivía los momentos previos a su separación, deseando haber tomado decisiones diferentes. No podía escapar de la sensación de que sus acciones de años atrás la habían llevado a este momento de aislamiento y arrepentimiento. Nic había seguido adelante, construyendo una nueva vida llena de amor y apoyo, mientras ella permanecía atrapada en el pasado, incapaz de encontrar su equilibrio.

Se dio cuenta de que avanzar requería enfrentar su pasado y aceptar las consecuencias de sus acciones. El camino por delante parecía desalentador, pero sabía que la sanación era un viaje que tenía que emprender. Su arrepentimiento servía como un recordatorio de la importancia de tomar mejores decisiones, no solo por ella misma, sino por la posibilidad de un futuro más brillante.

Su vanidad, que una vez había sido poderosa, ahora la dejaba vacía y llena de arrepentimiento. Su orgullo siempre había sido su belleza, que usaba como un arma. Con los años, había aumentado de peso y su preciada belleza se había desvanecido. Ninguna cantidad de maquillaje o tratamientos faciales de lujo podía ocultar el paso del tiempo y el arrepentimiento grabados en su rostro.

A medida que pasaban los años, la vida de Camila se convirtió en un tapiz tejido con arrepentimiento. Cada decisión que tomaba, cada momento en que elegía la emoción sobre la estabilidad, añadía a la pesada carga que llevaba. Las familias felices en el parque, los padres jugando con sus hijos, todo le provocaba una punzada de anhelo. Recordaba los primeros días con Nic, los sueños que habían compartido y el amor que una vez había parecido indestructible.

Un punto de inflexión llegó en una reunión de la universidad. Mientras los amigos recordaban, Camila se dio cuenta de cuánto se había desviado su vida del camino que había imaginado. Sus amigos hablaban de sus familias y carreras con satisfacción, mientras Camila sentía un profundo vacío. Había perseguido la emoción y la aventura, pero al hacerlo, había perdido las cosas que realmente importaban.

El arrepentimiento de Camila afectó sus relaciones. Encontraba difícil conectarse con otros a un nivel significativo, a menudo saboteando su propia felicidad debido a sentimientos de culpa e indignidad. Las conexiones superficiales solo la dejaban sintiéndose más aislada y sola. Anhelaba la profunda conexión que una vez tuvo con Nic, un vínculo construido sobre la confianza mutua, el respeto y la intimidad emocional. Camila sabía que ese tipo de relación era una ocurrencia única en la vida, y habiéndola desperdiciado, temía que nunca encontraría algo así de nuevo.

Ahora, en sus cuarenta y tantos, Camila se había instalado en una vida más tranquila. Encontró paz en su trabajo, donde era respetada y valorada por sus habilidades. Hizo nuevos amigos, construyó un sistema de apoyo y comenzó a salir nuevamente con cautela. El dolor del pasado persistía, pero se convirtió en parte de su historia, un capítulo en el libro de su vida.

Su relación con sus hijos estaba lejos de ser perfecta, y sabía que nunca tendría el mismo lugar especial en sus corazones que Nic. Al principio, Adrián y Celina se mostraban reacios a pasar tiempo con ella, a menudo expresando su preferencia por quedarse con Nic. Los primeros días estaban llenos de interacciones y conversaciones tensas, pero Camila se mantuvo paciente y constante. Asistía a sus eventos escolares, ayudaba con la tarea y se esforzaba por estar presente en sus vidas.

Con el tiempo, su cuidado genuino y dedicación comenzaron a suavizar su resistencia. Empezaron a abrirse a ella, compartiendo sus pensamientos y sentimientos más libremente. Aunque Nic todavía tenía un lugar especial en sus corazones, Camila valoraba el vínculo que estaban construyendo. Su relación creció, siendo significativa y llena de respeto mutuo, un testimonio de su crecimiento y el amor que tenía por sus hijos, a pesar del comienzo difícil.

Decidida a no repetir sus errores, Camila encontró aceptación y se dio cuenta de que la vida no siempre salía como estaba previsto. La verdadera felicidad no provenía de una vida perfecta, sino de aceptar las imperfecciones y encontrar fuerza en la adversidad. Al mirar hacia el futuro, sentía esperanza, una sensación de que el futuro tenía nuevos comienzos y, a pesar del dolor del pasado, siempre existía la posibilidad de un mañana más brillante.

Su viaje desde una esposa y madre amorosa hasta una mujer que lidiaba con las consecuencias de sus decisiones y, finalmente, encontró un nuevo camino, destacó la resiliencia del espíritu humano. Demostró cómo una vida aparentemente perfecta puede desmoronarse cuando se enfrenta a la tentación y la traición. Aunque las cicatrices de su pasado permanecieron, emergió más fuerte, más sabia y decidida a construir una vida de integridad y plenitud.

Una tarde, mientras buscaba un libro en Internet, se topó con una novela que había leído años atrás. La historia de traición y redención, de una mujer que reconstruye su vida desde las cenizas, resonó profundamente en ella. El viaje de la protagonista reflejaba el suyo.

Esa noche, compró un cuaderno en blanco y comenzó a escribir. Volcó sus pensamientos, recuerdos y reflexiones en sus páginas: los primeros días de su matrimonio, el amor, el desenlace y la traición. Escribir se convirtió en su terapia, una forma de procesar emociones persistentes. Escribía hasta altas horas de la noche, perdiendo la noción del tiempo. Las palabras fluían hasta que la paz se apoderaba de ella, una paz que no había conocido antes.

Compartir su historia le trajo una sensación de redención. Aunque nunca encontró otra relación tan significativa como con Nic, Camila aprendió a encontrar consuelo en su propia compañía. Aceptó las lecciones del pasado y se esforzó por ser una mejor persona cada día. Su viaje se convirtió en uno de autodescubrimiento y aceptación, viviendo con integridad y compasión.

En busca de un nuevo propósito, Camila comenzó a trabajar como voluntaria en un centro para mujeres, ayudando a otras con luchas similares. Este trabajo le dio satisfacción y le permitió usar sus experiencias para generar un impacto positivo. Si bien nunca pudo deshacer el pasado, encontró consuelo en saber que aún podía marcar una diferencia.

Una noche, mientras terminaba otra entrada, Camila se dio cuenta de que a través de su escritura, había tejido un nuevo tapiz: uno de fuerza, resiliencia y autodescubrimiento. Las páginas en blanco se habían transformado en un testimonio de su viaje, un faro de esperanza y poder interior. Cerró el cuaderno, no con una sensación de finalidad, sino con la comprensión de que este era solo el comienzo de un nuevo capítulo en su vida. Abrazando su nueva sabiduría, Camila miró hacia adelante con un renovado sentido de propósito, lista para enfrentar lo que viniera después con gracia y coraje.

CAPÍTULO 25

EL PODER DEL PERDON

Nic se sentó en su sillón favorito, la luz del atardecer proyectaba largas sombras en la habitación. La casa estaba en silencio, un marcado contraste con el caos del pasado. Al mirar una foto de sus hijos en la repisa de la chimenea, sintió una punzada de amor y alegría que lo había sostenido durante los momentos más difíciles.

La traición lo había dejado amargado y enojado, lo que le dificultaba volver a confiar. Se centró en sus hijos, decidido a ser el mejor padre que pudiera ser a pesar del dolor de la traición de Camila. Por el bien de los niños, Nic y Camila mantuvieron una relación cordial. Asistían juntos a los eventos escolares, celebraban cumpleaños como familia e intentaban crear una sensación de normalidad para Adrián y Celina. Pero las heridas eran profundas y la conexión que alguna vez tuvieron había desaparecido.

Perdonar a Camila no había sido fácil. El dolor de su traición, las noches pasadas preocupándose y la carga de criar a sus hijos solo habían dejado cicatrices profundas. Pero con el paso de los años, Nic se dio cuenta de que aferrarse a la ira y el resentimiento solo lo lastimaba. Soltar era necesario, no por el bien de Camila, sino por su propia paz mental.

Su decisión de perdonar a Camila fue gradual, comenzando con pequeños pasos. Reconoció sus esfuerzos por cambiar, reconoció sus luchas y comprendió la profundidad de su arrepentimiento. La vio tratando de enmendar el daño y, aunque no podía olvidar el pasado, eligió dejarlo atrás.

Mientras escribía su diario, Camila descubrió que necesitaba ofrecerle una disculpa genuina a Nic por todo. Una noche, cuando Camila dejó a los niños en la casa de Nic, se encontraron solos en la cocina. Los niños ya estaban arriba.

—¿Cómo estás? —preguntó Nic con dulzura.

Camila sonrió, una sonrisa genuina y satisfecha.

—Estoy bien. Estoy feliz.

Nic asintió, su expresión se suavizó.

—Yo también.

Se quedaron allí por un momento, dos personas que alguna vez habían sido todo el uno para el otro, ahora simplemente conocidos con un pasado compartido. No había amargura, ni arrepentimiento, solo una sensación de paz.

—Nic, me gustaría aprovechar esta oportunidad para hablar contigo sobre algo que es muy importante para mí crecimiento y para nuestro futuro. Esto me ha estado pesando en el corazón y necesito expresarlo para avanzar genuinamente.

—Claro, sentémonos en la mesa de la cocina. Haré un poco de té.

Se sentaron para una conversación que debían haber tenido desde hacía mucho tiempo. La habitación estaba llena de emociones crudas y recuerdos dolorosos.

—Sé que no puedo deshacer el pasado —dijo Camila, con lágrimas corriendo por su rostro. Pero quiero que sepas que realmente lo siento por todo. Nunca quise lastimarte a ti ni a los niños. Hacer las paces es crucial para mi recuperación y necesito hacerme responsable del dolor que he causado.

Nic se sentó en silencio, con la mente acelerada. Pensó en las noches solitarias, la ira que lo consumía y los momentos en que dudó de poder perdonarla alguna vez. Pero también recordó el amor que una vez compartieron y la familia que construyeron juntos. Dejar ir el resentimiento fue como quitarse de encima un abrigo pesado que había usado durante demasiado tiempo.

—Aprecio tu disculpa, Camila —dijo lentamente, cada palabra era un testimonio de su viaje. Me ha llevado mucho tiempo llegar hasta aquí, pero quiero perdonarte. No solo por ti, sino por mí. Aferrarme a esta ira no ayuda a nadie.

Camila esperó, con una mezcla de alivio y miedo. Había pasado incontables noches lamentando sus acciones, deseando poder volver atrás en el tiempo. Al ver el dolor en los ojos de Nic ahora, se dio cuenta de la magnitud del daño que había causado. Su voluntad de perdonar le dio un rayo de esperanza de que podrían reconstruir algo nuevo.

Mientras Nic hablaba, la luz del atardecer cambió, arrojando un cálido resplandor a través de la habitación. Parecía simbólico, como si la luz lo estuviera guiando fuera de la oscuridad de su resentimiento y hacia un lugar de paz.

Camila también encontró una medida de redención en el perdón de Nic. Fue una validación de sus esfuerzos por cambiar y una señal de que estaba en el camino correcto. Aunque su relación romántica había terminado, comenzaron a reconstruir un tipo diferente de relación, una basada en el respeto mutuo y un compromiso compartido con sus hijos.

La conversación terminó de manera natural. Se pusieron de pie, Nic acompañó a Camila hasta la puerta e intercambiaron una breve sonrisa de comprensión.

—Buenas noches, Camila —dijo Nic suavemente.

—Buenas noches, Nic —respondió ella, con la voz llena de una nueva esperanza.

Mientras Camila conducía de regreso a su casa, sintió que se le quitaba un peso de encima. El pasado había quedado atrás y estaba lista para abrazar el futuro. El viaje había sido doloroso, pero también había sido un viaje de crecimiento, aprendizaje y reencuentro consigo misma. Sabía que la vida seguiría trayendo desafíos, pero estaba lista para enfrentarlos.

En su tranquila cocina, Nic reflexionaba. La casa ya no se sentía vacía, sino más bien llena de una paz que no había conocido antes. Perdonar a Camila no solo se trataba de liberar el pasado, sino de abrazar la posibilidad. El cálido resplandor del atardecer marcaba un nuevo comienzo.

El perdón abrió la puerta a una sanación más profunda. Al dejar ir la amargura, pudo abrazar plenamente su vida presente. Su relación con Celia floreció a medida que se volvía más emocionalmente disponible. Libre de las sombras del pasado, se convirtió en un mejor compañero y padre. Perdonar no significaba olvidar; significaba elegir enfocarse en el amor y la alegría en su vida actual.

A medida que pasaban los años, Nic y Camila encontraron su nueva normalidad. Adrián y Celina crecieron en niños resilientes, a pesar de sus desafíos. Camila y Nic desarrollaron una fuerte relación de coparentalidad, siempre poniendo a sus hijos en primer lugar.

El perdón de Nic ayudó a sus hijos a reconstruir su relación con su madre, enseñándoles resiliencia y vínculos familiares. Su historia demostró una gracia notable, especialmente en una comunidad donde el machismo a menudo dictaba las respuestas a la traición. Por encima de todo, se aseguró de que Adrián y Celina se sintieran seguros y amados a través de cada cambio, priorizando su bienestar sobre sus propias emociones.

La elección de Nic de perdonar a Camila, a pesar del dolor que ella causó, fue crucial. Mostró su profunda capacidad de compasión, transformando lo que podría haber sido una historia de amargura en una de redención y crecimiento. A través de sus acciones, Nic demostró que la verdadera fuerza no reside en la represalia, sino en la compasión, la comprensión y el amor inquebrantable. Su viaje nos recuerda que incluso en tiempos oscuros, podemos elegir actuar con integridad y gracia.

A través de su dedicación inquebrantable a sus hijos, Nic proporcionó una base para reconstruir sus vidas. Su fuerza, perdón y compromiso mostraron que el verdadero poder reside en la capacidad de perdonar y priorizar el bienestar de aquellos que amamos. Su historia subraya el poder transformador de la gracia y el potencial para la sanación y nuevos comienzos, incluso después de las heridas más profundas.

Aunque Camila y Nic siguieron caminos separados, sus viajes permanecieron entrelazados por las lecciones que aprendieron. Nic encontró la felicidad con Celia, y Camila descubrió un renovado sentido de propósito. Ambos crecieron a partir de sus experiencias, comprendiendo lo que realmente importaba. Su viaje hacia el perdón y la redención fue un testimonio de la sanación y el crecimiento personal. Aprendieron que, aunque el pasado no podía cambiarse, el futuro era suyo para moldear. A través del perdón, encontraron un camino a seguir, creando un nuevo capítulo lleno de esperanza y posibilidad.

El perdón de Nic no solo sanó su pasado; abrió su corazón a un futuro con Celia. Su amor floreció y decidieron expandir su familia. Una noche, Nic y Celia prepararon una cena especial para compartir la emocionante noticia con Adrián y Celina. Mientras se sentaban alrededor de la mesa, Nic miró a Celia, su sonrisa llena de alegría y anticipación.

—Niños, tenemos algo muy especial que contarles —comenzó Nic, su voz llena de emoción. Celia apretó la mano de Nic y continuó—. Vamos a tener un bebé. Van a tener un hermanito o hermanita.

Los ojos de Adrián y Celina se abrieron de sorpresa. Después de un momento de silencio, ambos rompieron en sonrisas.

—¿En serio? ¿Un bebé? —exclamó Adrián.

Celina, con lágrimas de alegría en sus ojos, saltó para abrazar a Celia.

—¡Es increíble! ¡No puedo esperar a ser una hermana mayor!

Mientras celebraban la noticia, Nic sintió una profunda sensación de felicidad y realización. Su viaje desde la traición y el dolor hasta el perdón y los nuevos comienzos lo había llevado a este momento. Rodeado de su amorosa familia, sabía que el futuro tenía posibilidades infinitas, y estaba listo para abrazar cada una de ellas.

La historia de Nic y Camila es un testimonio poderoso del poder sanador del perdón, la compasión y la dedicación inquebrantable a lo que realmente importa. A través de su viaje, encontraron paz, propósito y la fuerza para avanzar. Adrián y Celina prosperaron en un ambiente lleno de amor y estabilidad. Como familia, crearon un futuro lleno de esperanza y posibilidades. Incluso en los tiempos más oscuros, demostraron que siempre hay una oportunidad para nuevos comienzos y un mañana más brillante.

Al pasar la última página, se nos recuerda que la vida es un viaje lleno de triunfos y pruebas. Los caminos de Nic y Camila se separaron, pero a través del perdón y el crecimiento personal, cada uno encontró su camino hacia un futuro más brillante. Su historia es un faro de esperanza, demostrando que incluso después de las heridas más profundas, es posible sanar y encontrar alegría una vez más.

Esta historia es un testimonio de la fortaleza del espíritu humano y la infinita capacidad de crecimiento y redención. Los viajes de Nic, Camila, Celia, Marcos y los niños reflejan las complejidades de la vida y el poder de la resiliencia. Que sus experiencias te inspiren a encontrar tu propio camino hacia la felicidad y la realización. Cree en la posibilidad de nuevos comienzos, porque es a través de los desafíos que enfrentamos que realmente descubrimos nuestro potencial. Que esta historia te recuerde que cada paso hacia adelante, por pequeño que sea, te acerca a un futuro más brillante y esperanzador.

BLANCA DE LA ROSA: BIOGRAFIA

Blanca De La Rosa, nacida en la República Dominicana y criada en los proyectos del alto Manhattan, es hija de inmigrantes dominicanos. A pesar de los desafíos culturales y lingüísticos, se graduó de la Universidad de Pace con un título en gestión empresarial internacional. Construyó una exitosa carrera de 34 años en Mobil Oil y luego en ExxonMobil Oil Corporation, ascendiendo a través de varios roles nacionales e internacionales que la llevaron por todo Estados Unidos, Europa, América Central/Sudamérica y Nigeria.

Como gerente de desarrollo comercial y presidenta del Grupo de Recursos de Empleados de la empresa, De La Rosa representó a ExxonMobil en los Premios Regionales y Nacionales de Becas de la Fundación de la Herencia Hispana. También se desempeñó como anfitriona, oradora principal y panelista en numerosos eventos apoyados por la fundación benéfica de la empresa. Su papel más gratificante fue dar mentoría a empleados más jóvenes en el laberinto corporativo.

De La Rosa es autora autopublicada:

❖ Autoayuda y carrera: "Empower Yourself for an Amazing Career" y "A Holistic Approach to Your Career", donde comparte consejos de carrera basados en sus éxitos. Combina consejos prácticos y de sentido común con sabiduría interior y espiritualidad para proporcionar estrategias para el éxito en el lugar de trabajo.

❖ Memorias/Autobiografía: "En busca de un Mejor Mañana" es un viaje inspirador desde España a los Estados Unidos, entrelazando cuatro historias que ilustran los desafíos y oportunidades de la inmigración, la aculturación, el paso a la adultez y el autodescubrimiento. De La Rosa comparte su viaje personal desde los proyectos de Nueva York hasta la América corporativa, destacando su crecimiento y logros a pesar de numerosos desafíos.

❖ Género de autoayuda y espiritual: "El Poder Dentro de ti – Tu Luz tu Guía Interna" explora temas de crecimiento personal, el viaje del alma, la fuerza interior y la búsqueda de propósito. El libro enfatiza la paciencia y el progreso gradual, guiando a los lectores hacia la comprensión y la evolución a través de sus experiencias.

BIBLIOGRAFIA

Fiction - Novel

Camila and Nic seemed to have it all— a loving marriage, two beautiful children, a cozy home, and a promising future. But beneath the surface, their perfect life was beginning to crack. Feeling neglected and unfulfilled, Camila embarks on a secret affair that threatens to unravel their world. As the truth comes to light, Nic is blindsided by the betrayal, left grappling with the disintegration of the life he once knew.

Memoir / Autobiography

What would you give up today for a better tomorrow? This question fuels an inspiring cross-generational journey from Spain to the US, spanning over 100 years. Through the characters' stories, we see the challenges and opportunities of immigration, acculturation, coming of age, and self-discovery. De La Rosa's transition from New York City's projects to corporate America highlights her personal and professional growth.

Self-Help / Spiritual

"Your Power Within—Inner Guidance" is a journey of self-discovery and healing. Through personal anecdotes and reflections, the book explores the quest for purpose and inner strength. It encourages readers to tap into their inner power, break free from limits, and create their dream life. This guide helps readers discover their passions, connect with their inner selves, and align with their greater purpose. Your inner power is limitless!

Self-Help / Career

A holistic approach is essential for upward mobility. Develop a career plan with clear goals and a forward-looking perspective.

Empower Yourself provides uplifting and inspiring insights. with practical advice and inner wisdom for workplace success.